U0037974

朱衛茵

愛誰都可以，要先愛自己
——25個愛的關鍵字

成長

【資深音樂人】李宗盛

　　這本書裡的Rosita，是我認識她的時候她還沒發展出來的部分。

　　所以，我跟你一樣讀得津津有味。

　　很高興從這書裡知道了Rosita。

　　對生活一樣充滿熱情，只是更知道自己的追求是什麼。

　　對女兒一樣呵護疼愛，只是更貼心柔軟的給孩子建議。

　　對朋友一樣真誠熱心，只是更明白施與受該怎麼平衡。

　　我在北京與我們的女兒

　　透過這本書來一起分享Rosita的成長。

　　而這本書裡面說的

　　多少也是我們這一家人的成長吧！

讓我「難以自拔」的女人

【形象設計師】謝麗君

飛鳥與天空，花朵與兒童，輕風與綠蔭，熱鬧與寧靜，ROSITA 與愛情。

我常常尊稱ROSITA是愛情專家，看她從愛裡來愛裡去的，談起戀愛唯「愛」是從。ROSITA拉丁語是ROSE的意思，如果玫瑰沒有了香味就不算是玫瑰，如果ROSITA不談情說愛就不是ROSITA了。玫瑰花是愛情之花，而ROSITA像是為愛而生的女人，她似乎有一種與生俱來的魔力，陌生人很容易愛上她，所以「生人勿近」，一旦你愛上她就「難以自拔」。

現在就讓我談談這個讓我「難以自拔」的女人的種種……

十年前一個下雨的深夜上ROSITA的節目「越晚越有感覺」，當時我剛從上海拍完一支廣告片回到臺北，那時候大家對上海印象是朦朧帶點神秘，上她的節目是與聽眾一起分享難得出差上海的工作經驗與造型職業的甘苦談。一直以來都是ROSITA的忠實聽眾的我，每一晚下班開著車回郊區的住處，她的聲音一路陪伴著我，所以潛意識裡她就是朋友、她就是姐姐，然後就犯傻的以為我們認識好久。當然這是我一廂情願的看法。當製片人介紹我給ROSITA說是今晚受訪的嘉賓時，我話都還沒說上一句，眼淚就嘩啦啦直流，ROSITA二話不說將我緊

緊擁抱，讓我一次哭個夠。當時在困坐婚姻的圍城裡，窒礙難受，見她似至親的人，就完全脫去了防備，卸下了武裝，逕自的哭泣，將心中多日的委屈一股腦的宣洩出來。

她的感情生活履歷表似我的前輩，往往我受的苦她早我幾年已受過，我埋怨的事她也早我幾年也怨過，每件事像是為我先嘗、先試，然後無言的要我明白，生活就是如此這般。現在我常戲稱她是我的「學姐」，其來有自。

與ROSITA就這麼結了一輩子「難以自拔」的姐妹情緣。我的妹妹阿金常說「你跟ROSITA比我跟你更像是親姐妹」，講話的樣子、做人處事的姿態都像是同一個家庭教出來的。其實我自己是明白的，她是「良藥」，所以「苦口」，我過往朋友中大概她講話最直，也最毒（呵呵…）！「愛我的人傷我最深」，她能一眼看出我的弱點，說出我的隱藏，還有不害怕傷我的心而直言不諱說出真相，真的大概只有她。是她讓我清楚「能正視自己弱點的靈魂必將獲得強大的力量」，也讓我學習到「任何寬恕都會得到回報」。因為有了ROSITA，我才知道「讓我自己成為流出活水的人，滋養給周遭的朋友，是件幸福的事」。

「寶劍鋒從磨礪出，梅花香自苦寒來。」塔塔姐姐經歷了這麼多，她的美麗光彩、她的睿智幽默，就是這樣滴滴點點的滿溢出來。在愛裡面成長，在愛裡面圓熟，在愛裡面滋存，在這本「愛的書籍」裡你能感受到她渴望與你分擔、分享愛的經驗。

聽媽媽的話

李純兒

　　在我心目中的媽媽，和外人看的媽媽一直都是不一樣的。我看的是媽媽，別人看的卻是朱衛茵。但不管是朱衛茵、還是媽媽，她的每一面都令我敬佩，她的熱情都是最真實的表現。

　　在大眾眼光下的朱衛茵是一位女強人，既堅強又美麗，既感性又知性，很熱情、很盡心、很善良、很努力的女性。朱衛茵常在廣播中或演講中講非常多的道理和真理，帶給很多人信心，特別是她的聲音，總是能安慰人；她的話語，總是很有道理。朱衛茵的人生，在別人的眼中很美好、很圓滿。

　　其實媽媽既柔弱又容易沒安全感，既沒信心又害怕失去。

　　以前的她跟大多數人一樣，非常在意外界的看法，認為別人的看法是對自己的肯定，但過於注重旁人的觀感反而造成不必要的壓力，讓自己變得不像自己。

　　但這些年來，媽媽領悟了很多，漸漸成為一位不需要別人讚揚也能很有自信的女人，她越來越愛自己、越來越珍惜自己，不只物質上、更在精神上支持自己。現在媽媽常對我說，一定要先學會愛自己、尊重自己，別人才會愛你，這才是女人該有的魅力和個性。

我現在十九歲，正處於需要別人關注、最在意別人看法的時候，常在徬徨時想起媽媽說過的話，她不只告訴我她愛我，還告訴我要好好愛自己，讓別人能好好愛我。我越來越體會到媽媽的話真的很有道理，還很驕傲的告訴身旁沒自信的朋友：「我媽媽說，要先愛自己，別人才會好好愛你啊！」

　　通常，人生總要經歷許多風雨，才能有些領悟，媽媽比別人先領悟到了，於是希望透過這本書帶給更多女性建議。我相信她的用意並不是希望每個人都能變得像她一樣，因為每一個女人都有讓自己更美的元素。但最重要的、也是最基本的，就是要先愛自己。

　　我媽媽曾經脆弱，現在就是因為非常愛自己，所以對很多事情的免疫力變得很強呢！

　　我永遠都會記住媽媽和我說的話，因為那將會讓我變成更成功的女人。

頭腦裡的小聲音 李安兒

她像我的姊姊、像我的知心朋友，又像頭腦裡的小聲音時時提醒我。

當她出現在我朋友面前的時候，我感到好驕傲，她總是會帶動氣氛，讓大家感到愉快。

她很美。

她是我的母親，我的媽媽。

在我的記憶當中，她是個愛打扮、愛裝嫩的可愛媽媽，她總是像個少女一樣。

打電話的時候聽到媽媽大聲開朗的聲音，我就會好高興，媽媽過得很好，我很放心。

她總是想很多，多到不必要的事情也想，就變成了煩惱。

她總是覺得她不夠照顧我們，很愧疚在我們的成長過程中，沒有每一刻都在我們身邊。

但是我們都懂，我們能感受得到她的心意、她的愛。

媽媽總是很窩心，常常做一些事情讓我們的心暖暖的。

以前我和姊姊還住在台灣時，因為媽媽那時候廣播做晚班，所以我們沒有太多時間看得到她。但她會在凌晨下班後，

繞到便利商店給我們買一點小零食，再貼上一個Hello Kitty的小紙條，上面寫她很愛我們。雖然小時候的我們都是期待那袋零食，但是我現在知道她的用意，她的貼心。

媽媽總是告訴我們要自愛。

「要先愛自己，別人才會愛你。」我以前還不太能理解，但是現在我懂了。

如果你自己都不愛自己，不珍惜、亂踐踏自己的身體，別人又怎麼會珍惜和愛你呢？

媽媽是我們的好榜樣，她經歷了許多事情，這讓她變得更有智慧，了解應對事情的正確方法和待人處事的態度。

我很愛她，就像她很愛我一樣。

朱衛茵，我的媽媽。

送你的禮物 朱衛茵

　　我真的很高興也很感動新書終於要跟大家面對面啦！平常我在廣播節目透過聲音、音樂、生活跟聽眾交集，等待了五年，終於整理了許多想法和每一位讀者透過文字交流。感謝皇冠出版社，更感謝大家的愛護與支持。

　　寫這本書的時候，我整理出很多問題來問自己，現在也問問你們，誠實回答啊！

你愛自己嗎？

你害怕孤獨而不敢獨處嗎？

你會不由自主的嘆氣嗎？

你常常傾聽內心的吶喊嗎？

你在愛情世界會一次又一次的低頭嗎？

你嚮往愛情，卻找不到可以愛的人嗎？

你不是不愛講話，而是找不到一個可以講話的人？

你是否喜歡和情人在一起的自己呢？

你覺得自己百分百付出，但是卻得不到對方的愛嗎？

你是否常常因為沒有安全感而流淚呢？

你是否感到自己常常焦慮呢？

現在你是不是很想找我聊聊呢？我很想提醒你，那些懼怕的心態常常是毫無證據卻以假亂真的幻象，你絕對值得被愛、被尊重，但前提是你要先相信自己、疼寵自己。記住：愛誰都可以，要先愛自己。仔細想想25個愛的關鍵字，然後把這份禮物送給自己！

目　　錄 | CONTENTS

愛誰都可以，要先愛自己

Baby,

二〇〇八年六月，我到北京參加你們的畢業典禮，難得一家團圓，看著你們都大了，看著你們跟學校的同學們揮手告別，是該跟你們聊聊未來的時刻了。

對我而言，愛情是生命中很重要的元素，我為愛情開心、為愛情神傷，但始終相信好的愛情會讓人更好。在眾多同學裡找你們眼角的笑，想像你們會跟什麼樣的人談戀愛，在你們眼前會是什麼樣的精采人生？

你們問我，喜歡有錢人、有才華的人，還是有幽默感的人？

你們可能不相信，我認為愛誰都可以，因為重要的是要先學會愛自己。如果懂自己、愛自己，自然會找個值得愛的對象，並且有能力去愛。如果你能發自內心的欣賞自己，自然會有人欣賞你！

當然，身為媽媽的我很擔心你們認識了不好的朋友、或是愛上了壞男人。但孩子談戀愛，如果家長介入干涉，往往會讓這段戀情更加堅固，反倒幫助了我所不看好的對象。

所以我才沒那麼笨，不會不准你們跟誰談戀愛，相反的，我相信你們的眼光，你們一定會成熟而自信的面對未來，也一定會敏感而聰慧的觀察人性，能讓你們心動的對象，一定是個能看到你們心靈智慧的人。

　　其實在感情中我是相信門當戶對，因為背景相似，在價值觀、宗教觀以及人生使命感上會比較接近，相處時摩擦比較小。但年輕人並不在意，會認為愛情中的差異是考驗，雖然讓你們的感情比較艱難，但只要有愛，就能使你們下定決心一同面對挑戰。

　　我也認為如果對方愛你，不會讓你獨自承受壓力，只要兩人攜手同心，任何問題都不會是難題。

　　純兒曾經問我：「媽媽，我擔心自己不夠好，別人的一句批評往往就能把我的信心擊潰，要怎麼樣才能增加自信？」

　　我覺得自信跟自愛是一體兩面，都需要學習，尤其自信是累積而來的。

　　首先，必須設定一個肉眼看不見的目標（好比減重

兩公斤，不過目標不能是在下個月要買一個Prada的新包包），然後努力達成。一旦設定目標並且完成，就能開始累積自信，然後擬定下一個目標，漸漸會相信自己有圓夢的能力，設定短程目標、中程目標、遠程目標，一步一步前進，終究會完成自己對人生設下的願景。

簡單來說，努力不懈，就能增加自信。

而原則是讓你更自信的另一個要素。

一個有原則的人其實要比沒有原則的人好相處，因為朋友知道你的標準在哪裡，他們不會隨便提出要求，太過離譜的事情你絕對不會答應。

而一個沒有原則的人可能會礙於情面，而答應了自己其實不太想做的事情，結果弄得一團糟，轉而責怪他人，最後弄得大家心情都不好，也有可能因而捲入大災難。

我曾經是個沒有原則的人，明明知道自己的身體不好，不適合熬夜，但只要朋友一通電話，我就開始擔心萬一今天晚上不出席，掃了朋友的興，那明天就沒人喜歡我了，於是強打精神參加通宵派對，弄得自己健康亮紅燈。

但後來發現就算我不去，還有其他的朋友可找，我卻為了所謂的「友情」犧牲了健康，痛定思痛之後，我決定原則就是原則，不能繼續當個隨傳隨到的朋友，就算拒絕會得罪朋友、得罪客戶或是得罪愛人，都要堅持下去，不

然永遠把自己的需要放在最尾端，永遠都不會有人看重我。

相形之下，有著清楚原則而且認真遵守的人，其實會受到重視。朋友之間會盡量考量大家習慣的差異，假使我不能熬夜，而大家又想見面，那就把聚會時間調整到晚餐時間，珍惜能夠相處的時間，也不至於隔天起不了床，對大家反而都有利。

有原則反而能讓人際關係融洽，省去很多客套，讓真正的朋友留下，湊熱鬧的人離開。

有了原則，更容易培養自信，我相信每個人都是上帝完美的傑作，我們不需要透過旁人的眼睛來確認自己的存在，更不需要經由旁人的認同來相信自己。只要自重自愛，就能找到自信。而這樣的人生比較自在，不會因為怕孤獨而隨便找個人作伴，不必為了怕寂寞而委屈自己跟不真正欣賞、不是真心喜愛的朋友在一起。

所以，不要怕提出要求，也不必刻意為了迎合而假裝什麼都好，不要怕沒面子、不要怕旁人批評，只要做好自己，並且打從心底相信自己是好的，就算被人攻擊、被人嫌棄、有人想傷害你，都不足為懼，你不會因而懷疑自己不夠好，不會因為惡意而否定自我。

當然，這些過程都不容易。我以前也覺得自己好渺

小，很需要旁人的掌聲與肯定，需要仰賴旁人才能獲得幸福。但後來發現這樣得來的幸福太不穩固，只要對方的心意一改變，我的世界也要跟著瓦解。

到底哪裡出錯了呢？後來才知道，如果我不愛自己，別人就不會真的愛我。如果我都瞧不起自己，更沒有人會瞧得起我。

「愛自己」的第一步，就是要時時刻刻記得，不論情況有多糟，我們永遠都有選擇空間。

萬一愛上了不合適的人，會很痛苦，但不一定要持續如此。一段不快樂的關係中，往往自己才是元兇，是自己不選擇離開，反而給了旁人傷害自己的機會。

人永遠都有選擇，永遠都可以離開不愛自己、不尊重自己的人，可以選擇做回完整的自我，不要把決定權交在旁人手中。記得，你永遠都可以說：「你有你的選擇，但我也有我的選擇！」

勇敢保護自己，重新找回自己，離開不適合的對象，不要當戀愛中的受害者。

即使極度痛苦中，也千萬要記得，我們永遠都有選擇快樂的權利；永遠都要記得，先愛自己，才能有愛人的能力。看得起自己，堅持自己的原則，守住信仰，就算與全世界為敵也不能動搖，很自然的，就擁有勇氣相信自己。

而且不要怕獨處，獨處是閱讀自己的最佳時刻。當心靈說著原則，而肉體說著敗壞與墮落時，不要妥協，也許只是一下下的放縱、而且是為了愛而做的放縱都不對，因為動機不純良。

如果有人打著愛的旗幟要你做出不想做的事情，其實代表了他不愛你，因為真正愛你的人會珍惜你，不會勉強你做不想做的事情，不會讓你不快樂。

假使你軟弱了，做了違背自己心願的錯事，不是未來會下地獄，而是你的心已經痛苦如地獄，因為每次自我勉強之後，心中的痛苦比死還殘忍。

但也千萬別想既然已經到痛苦深淵，那就繼續痛苦下去吧！永遠要記得自己都是有選擇的，錯了就要更正，痛苦是提醒我們別犯錯，如果忽視痛苦持續沉淪，接下來你連自己是誰都會忘記了，那才是真正的大悲哀。

每次的錯誤都是提醒、都是修正，要我們朝著正確的方向走。

哪條路才是正確的呢？就是當你覺得快樂、覺得幸福、覺得被愛、覺得想愛整個世界、想要幫助所有人都跟你一樣幸福快樂，那這就是一段健康而值得珍惜的關係。

聖經馬太福音中說：「你一直看什麼，就像什麼，若你親近誰，你就像誰。」

擁有一群正面積極的朋友，你也會跟著正面思考。跟一群充滿愛心的朋友在一起，你也會愛心洋溢。擁有愛你的伴侶，人生會變得更有意義。

　　我相信在愛中成長的你們，會一輩子擁有豐沛的愛。

珍愛自己 CHERISH YOURSELF　　*Rosita's keyword* **關鍵字**

別聽他怎麼說，
要看他怎麼做

Baby,

　　我想跟你們分享一個很重要的觀念，當你們欣賞一個人、想研究一個人，別只聽他怎麼說，要用眼睛看他怎麼做。

　　談戀愛、談戀愛，戀愛好像一定是「談」出來的，我也相信戀人之間一定有說不完的甜言蜜語，兩人可以一同編織各種美麗夢想，分享彼此的價值觀，從交談中更加深入地認識對方。

　　我認為戀人應該無所不談，廣泛地交換意見。一開始，會在談話中發現彼此的共同點而驚喜不已，到後來漸漸意識到觀念上有差距，那也沒關係，更可以挖掘出彼此心底的真心話。

　　我一向最喜歡「談」戀愛，如果能夠遇到一個無話不談、什麼都能聊的對象，那一定會是人生中非常棒的經驗。

　　相反的，若一對戀人相對無言，不是對彼此沒興趣了，就是正在冷戰，都代表著感情發生危機。

現代人有個問題，就是大多數的人都很會說，但很少人真能說到做到。隨口承諾當然很容易，真要將承諾付諸實現，不只要有能力、毅力，更重要的是要有心。

　　小時候，我經常搞不清楚對方所說的，到底只是隨口說說還是真心承諾？像有個男朋友曾經在約會結束之後說：「那我再打電話給你！」

　　接下來，整個晚上我等著他的電話，後來好幾天都不敢出門，那個年代沒有行動電話，我只能枯守在家，生怕錯過了他的電話，但他始終沒打來。對他來說，「我再打電話給你」這句話的意思其實是「好囉！再見囉！」但對我來說，卻認為他會打電話跟我聊天，因為他喜歡我。

　　當然，除了這些口頭上禮貌的誤會之外，還有很多人會刻意說別人想聽的好話，讓現場氣氛融洽，或是藉此拉近彼此的關係，讓他更能達到目的。所以聽到好聽的話時先不要太高興，耐心觀察對方日後的行為，判斷他的行為

到底跟嘴上說的好話是否一致。

　　這點很重要，因為光是冷靜觀察，就可以讓你看清楚很多人的真面目。如果這個人言出必行，他會得到朋友較多的信任；如果這個人總是天馬行空、口中計畫全都落空，那大家對他的言語也就會打個折扣。

　　還有些人對女朋友、男朋友或是其他與自己有利害相關的人很客氣、很有禮貌，面對其他人則是另一副嘴臉。如果他平日彬彬有禮，但開車時經常用「三字經」咒罵其他駕駛，或是到餐廳吃飯時專門找碴，動不動就要找經理來道歉，其實不論是非曲直，這種行為已經成為模式，代表他只是個以自我為中心的自私鬼，不顧車上還有其他的乘客，也不顧念大家一同外出吃飯，只是想要舒舒服服的享用美食，並不想聽到一串令人不快的言談。這樣的人只在乎對自己有利益的人，萬一將來你們之間產生利害關係和衝突，或是他認識了更符合自己利益的人，關係一定起變化。

　　對我來說，不論對誰，都應該以禮相待，因為跟人相遇是很棒的緣分。 我雖然在香港出生、長大，但台灣卻更像我的家，我在這裡結婚，你們在這裡出生。離婚之後，我的家人沒減少，反而擴大了，所有在台灣認識的朋友都像我的家人，不僅是平日往來的舊識，我的朋友圈還

包括常去的餐廳裡的侍者、百貨公司的售貨員、臭臭鍋的老闆娘、美容院的髮型師，他們與我不只是客戶服務的關係，我熟知他們的名字，會跟他們聊天，他們會說自己最近的發展，告訴我他們的心情。

這感覺好極了，朋友不就是一群互相關心的人嗎？不管他的年收入多少，不管他的爸媽是誰，不管他有沒有豪宅、名車，只要互相關心，就是我們的朋友。

我很不喜歡勢利眼的人，對朋友妙語如花，轉過頭就對侍者大呼小叫，這不是真正的優雅。如果能夠尊重、體諒幫自己服務的人，親切待人，所得到的服務一定會超越期待，因為對方也會真心地關懷我們、無微不至地照顧我們。

像我很喜歡晶華酒店的 Irene小姐，她總是不疾不徐地在我需要任何東西之前，提前幫我想到了，臉上總帶著笑容，見到她，我就知道今天一定很開心。認識她、跟她聊天之後，發現她很不簡單，原本住在外國，家裡有好多傭人，來到台灣之後從基層做起，靠著努力成了餐廳最重要的靈魂人物。

其他人如果在Irene的位置上，可能會懷念過去的榮光而對命運有所埋怨，但她不會，她熱愛自己的客人，靠近她就感覺得到溫暖。

我問她：「你一定很愛自己的工作吧！」

她說：「對啊！客人對待我比親人還要好，只要對客人誠懇、用心，客人會給我熱烈的回應，工作開心還能有收入，當然很快樂。」

她觀察到有些客人帶著家人到餐廳吃好幾千元的套餐，一家人圍坐一桌卻無話可聊，當她上菜時，才對菜餚內容發表了些意見。她說：「看到這樣的家庭聚餐，心裡其實為他們感到可惜，光是餐桌上有美食不夠，讓食物更好吃的秘訣其實是彼此的愛啊！」

她的觀察也提醒了我，人總會想辦法隱藏自己不美好的一面，想讓旁人認為自己很厲害，但只要一上餐桌，很多心事都逃不開眾人的眼睛：吃得多還是吃得少？吃得開心還是吃得苦悶？邊吃邊聊天還是沉默不語？眼神交會還是逃避？

身體都在說話，而且身體說的，比嘴巴還真實、還大聲。

觀察 OBSERVATION　　　　　　　　*Rosita's keyword* 關鍵字

愛的比例

Baby,

　　愛總讓人情緒不穩定，有時候開心、有時候傷心；有時興奮、有時落寞，這些變化多半是因比例而來。

　　以我對你們的親子愛為例，你們不在我身邊時，我的愛積得滿滿的，等看到你們，立刻想要一股腦倒出來，所以母女相會的頭幾天總是甜甜蜜蜜，你們很想我，我也很想你們，時時刻刻都想黏在一起。

　　但幾天之後，我漸漸看到你們生活上的小毛病，晚起、愛吃速食、一上網就不肯睡覺……種種小事讓我開始想要執行母親的監督之責，開始要求、開始說不甜蜜的話，但你們沒有心理準備，沒想到過了幾天好日子之後，媽媽就開始嚴厲了。因長期不習慣有個母親盯著，你們也不舒服，心理衝擊很大，親子之間開始爭吵，不得不把難得的母女假期花在各種爭吵上。

　　就我的立場，每回十天的母女相會，起碼都花了半年的等待，我覺得每一分、每一秒都難能可貴，很想看到我的女兒們美麗大方、親切窩心；因為沒有當你們日日相見的母親，我更想要利用這短短的十天告訴你們我的愛，越

急迫、越內疚，要求則越高，愛到讓你們無法負荷。

　　當然，我可以當個溺愛的媽媽，什麼都假裝看不到，把這十天當成老天給我們的假期，把所有不好聽的話都藏起來，當個「遊樂園媽媽」，只有歡笑、沒有痛苦。

　　但這不真實、而且不能持續，如果我真是個盡責的媽媽，一定關心你們的健康，總有一天必須要告訴你們為了健康應該早起、為了健康不要吃速食、為了健康更不該熬夜，到時候還是會讓你們不習慣、不舒服、不能適應，所以，母女之間還是免不了一吵。

　　吵完之後當然會反省，身為媽媽的我發現你們已經不是小女孩了，你們早就習慣照顧自己的起居，有獨立思考能力，所以對於我半命令式的要求難以承受。而我的愛強度太強，強到想把你們的自由意志淹沒，想要控制你們的思考，所以當你們抗拒的時候，我也很難承受，不懂你們為何要拒絕我，因而深
受打擊。

　　忽然發現，我的行為模式不就跟談戀愛一樣？付出了一百分的愛，便期待著一百分的回報，完全沒有去思考對方的步調是

love

否跟我一致，想不想走到這裡？想不想跟我同喜同悲？想不想完全付出？

因為沒想到接收我的愛的人也有自由意志，我總覺得對方不夠愛我，總喊著不夠不夠不夠！總覺得我如何愛他，他就該同等愛我，或是愛我更多更多。

但愛是有比例的，有時候讓對方三分，有時候對方讓我三分，時時刻刻調整、互動，才是愛情最美麗的樣貌。

而這調整的過程，我曾經覺得很失望、覺得對方一定不夠愛我，所以才不願意給我對等的愛情。後來體會到，正因為彼此相愛，才有辦法忍耐這段過程。不管多麼艱困，都要解決兩人之間的衝突，於是不怕麻煩的一試再試，有時候我忍耐些，有時候對方忍耐些，因為想要彼此都好，才願意互動。

我認識一對神仙眷侶 Kevin & Claire，他們非常恩愛，兩人都喜歡做菜，專門用健康的方式做出少油原味的好吃料理。在一個淒風苦雨的寒冷夜晚，他們親手做了好吃的大餐送到電台播音間給正在做節目的我，真正讓我感動的不只是他們親手料理熱騰騰的美食，更感動於他們夫妻之間的默契。

節目中，太太負責介紹菜餚，先生則在旁用充滿愛意的眼光看著太太，等太太說累了，他便接續解釋。我問

他：「夫妻怎麼相處？」

他說：「她先說，她說得比較好，我在旁邊欣賞，等她累了，我再說。」

當場我真的好感動，他非常欣賞自己的太太，願意讓太太充分表現，他不搶話、只安靜地看著太太，等太太累了，便自然接替補位。多美妙的互動！就像跳探戈一樣，有時進、有時退，有進有退的節奏，讓兩人關係更和諧。

妥協與和諧是愛情當中重要的配角。至於自尊，我曾經把自尊放在愛情的前面，像個驕傲的女王，只有我指揮人、沒有人可以控制我，但這樣的自尊恰巧排擠了愛情，

讓愛情失去容身之處。

自尊跟自愛是不同的，你們應該可以分辨。

我覺得自尊就像帝國主義，兩人談戀愛，如果把自尊放在前頭，像兩個大帝國主義在交涉，談得好，可以合作；談不好，那就會撕破臉。重點會放在誰比較重要，是三七比例、還是五五比例，如果一九比，那還能談下去嗎？如果九一比、什麼都聽我的，這種不均衡的狀況又能持續多久呢？

總之，大家都想要別人看得起自己，最好是臣服於自己的權威之下，這種想法太霸道，當然不足取，但一個沒有自尊的人感覺不到自己存在的價值、太過隨和，只會讓自己在愛情中割地賠款，也走不遠。

愛情最有趣的地方就是每個案例都不同，沒有所謂「這個人好不好」的問題，重點是「適不適合」，很多時候一個很好的人未必是適合的人，而適合甲的，也未必適合乙。

有些人習慣依賴旁人，很樂意接受旁人指揮，遇到個霸道的對象，反而很合適。有些人喜歡隨時變化，今天你三我七，明天想當個小可愛選擇了你八我二，如果遇上一個也很有彈性的對象，那兩人能夠迅速地調適；但如果遇

上說好了就不想改變的死硬派，反而會因為「昨天我們不是已經談好了？根本不是這樣說的」而吵翻天。

　　以旁觀者立場來看別人的愛情，可以發現各種比例都存在，很多人嘴巴上抱怨另一半，希望更多一點或是更少一點，但往往他們早就有了自己相處的節奏。所以，如果朋友跟你抱怨感情問題，最好的處理方式就是聆聽，戀愛中的人往往最需要的就是訴說煩惱而已。如果旁觀者自以為聰明，一廂情願的想要切入這段關係下指導棋，其實沒有意義，因為他們需要的也只是傾訴跟聆聽，在這些過程當中整理出思緒，搞清楚自己到底在迷惘中該往哪裡前進。

　　每個人都要花時間與心力，才能找出專屬於自己的愛情比例。

比例 PROPORTION　　　　　　　　*Rosita's keyword* 關鍵字

愛的觀察期

Baby,

　　談戀愛之後，兩人需要一段時間來確認自己是否是對方心中想的那個人，對方又是不是我們所喜歡的樣子，通常這段時間長達半年之久，有些人則花了一輩子才了解了對方。

　　愛情的開端總是盲目的，覺得對方什麼都好極了，但漸漸的，刺激、新奇感消失之後，才知道原來過去的火花是兩人刻意營造出來的。當關係穩固，回歸正常生活，代表著不再有那麼多心跳與玫瑰，那接下來會不會是平凡與乏味？

　　談戀愛最有趣的地方就是可以完整的認識一個人，透過聊天來知道他是怎麼長大的、喜歡哪個作家、愛吃什麼東西、眉尾的疤是怎麼來的、最喜歡哪個家人……這些細碎瑣事是普通人無從得知，卻是愛情裡兩人共同的秘密。怎麼知道你真的愛這個人？因為跟他有講不完的話！

　　世界上的人有很多種個性，而面對愛情的態度也有很多種。

　　有些人覺得愛像空氣，失去愛就會窒息。

有人覺得愛像水，掌握了流向就可以從容面對。

有人覺得愛像陽光，有愛的時候整個地球都是溫暖的；但陰天時沒有愛，令人沮喪。

還有人認為愛是植物盆栽，不需要天天照顧，偶爾想起來澆澆水就好，但也不能徹底遺忘，不然只會留下枯枝。

正是因為有這麼多種人與各式各樣的戀愛觀，戀愛才吸引人，每次戀愛都需要磨合，就像跳舞一樣，熟悉之後才能掌握彼此的節奏，知道何時該進、何時該退。

但這種調整不是遷就，如果有一方覺得委屈，那就代表兩人之間需要更多的溝通，直到雙方都知道這些調整的目的何在，並非為了單方面的利益，而是想讓兩人能繼續相處下去。

戀愛的對象之所以重要，是因為兩人會互相影響，在不知不覺中學會對方說話的語氣、喜歡吃對方愛吃的菜，甚至連長相都越來越像，所以，萬一你正在跟一個「如果可以選擇，我完全不想成為他」的人戀愛，那還是先冷靜一下吧！

像我曾跟很嚴厲的人交往，當時我們一同到國外的朋友家作客，每餐吃完飯，他便會用眼神暗示我應該幫忙洗碗，即使對方家裡明明就有洗碗機！不過我的個性喜歡讓

旁人開心，所以順著他的心意洗了無數的碗，但他顯然還是不滿意，旅程上發生了大大小小的衝突，我只記得他總是臉色鐵青的看著我，讓我萬分畏懼，心裡偷偷地想著，回台灣就分手吧！因為我不僅不想當你的女朋友，連看都不想再看到你了！

這次的經驗告訴我，愛情不能光靠迷戀，日子久了，大家都要以真面目相對，所謂「路遙知馬力、日久見人心」，當你了解了這個人，卻發現自己一點也不想成為他，那最好早一點撤退，別跟不值得自己敬重、景仰的人在一起。

如果，看清楚一個人的本質之後，還是喜歡他、還是願意親近他，那才是可以付出真心的對象。

除了用眼睛觀察，生理上也需要些時間調整，相愛時人會產生費洛蒙，所謂愛情使人盲目，正是費洛蒙的作用，讓愛人覺得對方好美，所以俗話才說：「情人眼裡出西施。」

但交往的時間越久，費洛蒙的機制恢復正常，超過半年之後，人的身體狀態恢復到原點，才能觀察少了費洛蒙之後，自己是否依然能夠愛上對方，兩人究竟適不適合。

說來也妙，許多情侶往往撐不過半年，恰巧符合了費洛蒙的衰退期，所以愛的節奏感很重要，一開始可以慢慢

來，但後來需要多些支撐，讓愛情繼續，不然，不好的節奏會毀了美妙的音樂。

而愛情的路上不光是和煦陽光，有時候會發生突然的意外，反倒是檢驗愛情的好機會。像是家人突然住院，或是公司忽然出了狀況，這些意外往往會影響愛情，任何危機都會瓜分掉相處的時間，但也可能是愛情的催化劑，看對方在我需要幫助的時候會怎麼處理，往往決定了兩人的未來。

如果意外發生時，他把我的事情當作他的事情，把我的安全與幸福放在首要，這樣的人值得信賴，也值得愛。

如果意外一發生，他就說他很忙，接著閃到老遠的地方去，等一切恢復原狀，再跑過來說：「你還好嗎？」快離開這種人！困難發生時，他總是不在你身邊，這種人不值得愛。

　　有時候我們對相愛的人會有錯誤的期待，像我在廣播工作上獨當一面，同時要操作機器，還要訪問來賓、準備音樂，習慣了反應快、觀察敏銳、很懂得如何帶領受訪者的情緒，加上常常在節目裡談男女話題，所有觀眾都認為我是戀愛專家，談起戀愛一定精采絕倫。

　　但這套本領來到了愛情的領域就麻煩了，所有優點都變成了缺點。

　　我獨立，只是在工作上獨立，私人感情世界裡我仍想當個需要被關心、需要愛與呵護的情人，這落差之大讓我的愛人驚訝。

　　而我的敏感更會讓愛人抓狂，他所有情緒都逃不過我的眼睛，一皺眉、一出神，我就想問出個所以然，這些細微觀察對於掌握受訪者的情緒很有用，在適當的時間問出對的問題，往往足以讓對方感動落淚。但真實生活的凡人

不同，一般人都不習慣剖心挖肺，不到關鍵時刻，從不想把事情說清楚，即使面對愛人也想保留點隱私空間，所以我的敏感常踩到地雷。

至於反應快，平時相處上我已經習慣早三步替人著想，但當意見不同時，他寧願我是個心愚嘴笨的女生。

這些矛盾加在一起，讓我在戀情的開端是有自信、善於溝通、幽默愛笑的女人，但實際相處後卻變成了需要關切、言語犀利、經常哭泣的女人。當然，愛笑的那個我還是存在，只是在感情上我需要大量的甜言蜜語、體貼與關心，才能讓我放心恢復愛笑的個性。

這些差異不是只存在於我的身上，其實每個人都有這樣的幾個面向，例如：工作上我們已經培養出一套「社會我」，能公事公辦、讓業務順利進行、人際關係良好。然而，談戀愛牽涉到不只「社會我」，還會出現本我、自我跟家庭我，戀愛雖然看起來只是兩人的事，但與彼此成長的過程、家庭背景、親子關係等等都有關，兩人身旁的親友也都會對這段關係產生影響。而「匹配」與否，不光是個性上，也包括了對於家庭的觀念、對責任的觀念、對幸福的定義等等。

如果女生覺得幸福是天天在一起吃晚餐，男生覺得幸福是每天晚上都要工作到深夜，賺很多錢養家，兩人的見

解不同，就會發生衝突，這時候需要溝通與修正，看雙方相愛有多深，能互相調適的彈性有多大。

當然，任何一方都可以雙手往胸前一抱說：「我不管！如果我們不適合，那就分手好了，我總能找到適合的人！」

這樣的態度一點都沒有幫助，只有小孩子這樣任性而為，人生中所有關係都需要修正，妥協與調整都是必經之路。如果不肯溝通，那我可以肯定的說，世界上絕對不會出現「100%適合的人」。

只是任何改變都需要時間，連皮膚細胞都需要二十八天才能更新一次，所以任何習慣也都起碼要二十八天時間來改變。

像一談戀愛就習慣黏在一起，卻遇到了個超忙的工作狂，也許可以改成重質不重量的相處時間，雖然經常沒空見面，但反過來想，就可以給對方多一點空間思念。

很多人都說不要試著想去改變愛人，愛情就是要愛他原來的樣子。但我覺得怎麼可能不發生改變呢？因為愛的本身就是很大的變化，當然我們必須尊重愛人原本的習慣，但也可以試著影響他，在生活習慣上影響他、在思想上影響他，但這影響必須輕手輕腳，讓他不知不覺中受到影響，開始改變，而不要敲鑼打鼓地命令他改變，任何強

硬都會引起反彈。

　　當然我的某些習性也會讓對方受不了，以前我也不喜歡旁人「指點」我做事的方法。但後來我想到，如果我不能改變、不能進步，又怎麼能要求小孩子改正缺點？所以開始客觀地評估各種意見，如果真的好，那就該照做。

　　像很多朋友都建議我應該要在愛情裡面獨立一點、在生活上也獨立點，趁著搬新家，我沒找任何朋友幫忙，自己張羅所有的裝潢事情，這才知道從無到有打造一個家、整理一個家有多辛苦；另一方面，能夠全憑自己的意見來佈置家居，也帶來很大的成就感。更重要的是我克服了喜歡倚賴別人的個性，是很大的進步。

　　所以不要太輕易、太急促地幫人打分數，也許現在的他缺點一堆，但他擁有開闊的心胸，很樂意學習與進步，更樂在成長，只要假以時日，一定會成為一個好伴侶。

　　其實，誰不在學習呢？像我的爸爸年輕時風流，老了，發現太太幫自己照顧家庭奉獻了一生，他開始學習對太太付出關愛。而我媽媽在情緒上受苦了一輩子，生養了七個兒女之後，最後終於等到了一個貼心的好丈夫，會在人生的黃昏時期牽著她的手說：「我真的很需要你！」「我真的很愛你！」

　　我媽媽對我爸爸的愛是如此根深蒂固，雖然口頭爭吵

不斷，卻始終沒有動搖，也許對我媽媽而言，這段愛情的
觀察期是一輩子。

改造 TRANSFORM　　　　　*Rosita's keyword* **關鍵字**

愛的發言棒

Baby,

　　戀愛是令人迷惑的，而且極端地挑戰人性。

　　像我曾談過一次戀愛，對方一開始對我百般呵護，但我一直覺得這段感情太多太濃太快了，反而排斥。

　　但有一天他忽然停下來，不打電話給我、不關心我正在做什麼，一天過去之後，我卻對他牽腸掛肚起來，才知道自己已經習慣他的關心，不知不覺喜歡上他。

　　愛的感覺跟食慾很像，埋頭苦吃的時候不覺得飽，狂吃一陣停下來，才發現已經超過胃的容量，所以醫生建議我們吃飯要慢，慢慢吃對身體比較好，不宜攝取過多的食物。

　　愛也一樣，太快的愛情往往扭曲了真實關係，太容易來，也一定容易離開。因為一切都在興頭上，所以愛也該慢點，留下餘韻讓對方想念。

　　這段關係後來的發展是我無法預料的，對方感受到我也喜歡上了他，我希望他還是照原本追我的熱度對待我，但他知道已經獲得了我的愛，反而降低愛情的熱度。

　　他認為這樣才是正確的，因為沒人能夠二十四小時火

力全開，但我認為這不正確，一開始火力全開的人是你啊！

　　就這樣，我們的關係時好時壞，他堅持著小火慢熬，我堅持要大火快炒，漸漸我們找不到戀愛的快樂，只剩下不斷的爭吵。一個又一個哭泣的夜晚，我都會想起爸媽，當年他們也不停地爭吵，於是我學會了隱藏自己的想法，當個乖巧的女兒，目的在於避免爭吵。但現在我自己成了爭吵的主角，這段關係帶給我不僅是眼前的痛苦，也讓我想起了生命當中所有的不安與痛苦。

　　何不分手呢？在痛苦中我很想劃下終點，因為這段關係帶來的痛苦實在遠多於快樂，但每當想起戀愛開端的美好，都難以割捨，更想要告訴對方，能不能好好地說話？能不能像以前一樣無所不談？能不能……

但每次一開口總不能平靜，我說一句，他反彈一句，兩人都想捍衛領土，但這領土卻是對我們愛情的解釋權。忽然，我好想擁有一個印地安的發言棒。

激勵大師史蒂芬柯維在《第八種習慣：從成功到卓越》書中介紹了印地安酋長送他的一支發言棒，這發言棒外型像根枴杖，上面還有精美的雕刻。當然，這只是一個象徵，不一定要用枴杖，任何東西都可以當成發言棒，一枝鉛筆、一段樹枝，甚至一條手帕都行。

一般討論事情時，大家七嘴八舌總不能說出個結論，而且談著談著會自動分裂成好幾派，互相抵制對方的想法，結果開會開得越久，歧見越深，反而陷入僵局沒結論。

發言棒的規矩是拿到發言棒的人才能暢所欲言，其他人則要尊重他說話的權利，只能針對他提出的意見發問，不能假借發問陳述自己的意見。等持棒人說完了，而且所有人都聽懂了，放下棒子，下一個人才拿起棒子來說出自己的意見。

這個制度是讓大家都能完整地陳述，不因旁人打斷而只呈現片段的意見，而且有疑問立即得到回饋，就能縮小誤解、達成共識，直到大家都聽懂了為止。

很民主，對吧？而且也很有效率。

其實愛情裡的爭執多半只因彼此都忙著說，沒用耳朵聆聽，嘴巴張開了，耳朵就關上了。所以總是爭吵，而且總為類似的事情爭吵，吵到彼此都失去了耐性，吵到愛情無以為繼。當大家都必須閉上嘴巴仔細聆聽時，反而會發現彼此的歧見沒那麼深。

我覺得愛情也需要發言棒，拿到的一方可以說出自己對愛情的看法、對戀人哪裡不滿；當然也可以告訴戀人，自己有多愛他，不光是拿著發言棒批評，也要拿起發言棒讚美。

而這種發表意見的模式不必擔心被打斷，也不必擔心遭受挑戰，可以放下武裝的語調、放下先聲奪人的氣勢，娓娓道來，當對方認真的聆聽自己心中的想法，就代表著彼此的溝通起碼成功了一半。

而更重要的是戀人可以有效溝通，如果聽不懂，當場問個清楚，不必擔心發問暴露了自己的無知，更不需要不懂裝懂，總要聽得懂對方說些什麼，才能深入了解彼此。

當發言棒遞交到對方手上，因為他已經明白了你的想法，所以不急著攻擊你的論點，這畢竟不是個辯論會。他可能會驚訝於自己聽到的這些內心世界剖白，原來你的眼淚不是嫉妒；原來你想要相處時間的質，而不只是時間的量；原來你多麼的渴望他能夠聽你傾訴；原來讓你開心並

不需要買昂貴的包包或是燭光晚餐；原來坦承溝通並不是那麼的難。

他也會告訴你，他對你的想法、對這段感情的看法，他當然知道兩人之間遇到了些問題，但他也有自己的習慣以及生活，想要從中找出兩全其美不容易，但他也跟你一樣，想讓兩人更好。

有了溝通，當然比較容易達成共識。

而且發言有規則之後，有不同意見也必須忍耐，等自己拿到了發言棒才能發言，減少當場情緒反射的意氣用事。也許某些事情乍聽之下很惱怒，覺得自己受到誤解，但聽完對方完整的敘述，才知道原來是自己無心之過造成了他心中的猜疑，解釋清楚前因，就不必為了後果而難受。

惱怒的時候，口中會射出利箭，平時就要時時刻刻提醒自己，不要忘了印地安人的發言棒。越想要說出惡毒的話，越要記得手中沒有發言棒，把壞的念頭先忍耐下來，等事情的全貌呈現了，可能會發現同一件事情有另外的解讀角度，反而導致了不同的結論。

能夠時時刻刻記著發言棒，尊重對方說話，讓對方把想說的話說完，學會在對方說話的時候看著對方，專心聆

聽，不要打斷、不要任意插話，學會忍耐、禮讓，學會愛
的民主風度，會讓你的愛更進步。

　　Baby，你們會遇到真心相愛的人，你們也會體會到
愛所帶來的痛苦與快樂。遇到痛苦的爭吵時，想想印地安
的發言棒，多聽對方說話、多發問、多告訴對方你們的想
法，讓平心靜氣的溝通成為你們共同的習慣。相信我，你
們會愛上這種精采的心靈交流，更加珍惜能夠在地球上認
識眼前的這個人。

發言棒 INDIAN TALKING STICK　*Rosita's keyword* 關鍵字

有所遲疑的事情，
以後一定會後悔

Baby,

愛是付出，但該付出到什麼程度？以前這個問題曾經困擾過我，也許，正在困擾你們。

以前的我覺得談戀愛就是要付出一切，給愛的人幫助、禮物、我的身心靈以及所有時間，整天不停地找他，想辦法黏在他身邊；當他高興的時候希望他是為了我，當他不開心的時候，我可以逗他開心，想滿足他所有的需要。而我也因為愛情所產生的費洛蒙，從他眼中看到更美麗的自己，因而更喜歡沉浸在愛中的自我。

第一次戀愛如此，第二次戀愛還是如此。而且我學會愛情是會消逝的，更要把握眼前的時間狠狠地愛，不管現在是幾點，只要有愛他的念頭就要立刻與對方分享，要把所有的感覺即時表達，就算凌晨三點，我也要打電話吵醒他，告訴他我好愛他，這才安心。

因為我知道愛情受到太多變數影響，不會永久存在，萬一明天太陽升起之後我們的愛就消逝了，起碼在愛情消逝之前，我已經告訴他我的想法，那這份愛就傳遞給了

他，不會消失了。

　　想也知道這樣的戀愛模式會帶來什麼後果，一開始甜蜜期當然奏效，但接下來他煩了或是我膩了，我們就成為一對怨偶。因為一切都太緊迫了，他開始覺得我沒個性，開始覺得有所不足，後來我們都會不滿足，開始假設換個對象應該會比較有趣、人生會過得更好。

　　後來我發現，戀愛不是溺愛，不能夠應許對方所有，這種不平衡的關係不能持久，就像傾斜的大樓不論蓋得多高，終有一天會崩倒。

　　愛情是有來有往的，一定要兩個人都伸出手來，各付一半才能成立。所以當你決定要付出多一點的時候，請先想想對方是否也伸出了雙手，也誠摯地面對你的感情，而不只是需索著你的愛，以及因愛而來的其他代價。

　　這代的年輕人成長在速食年代，在網路年代、在msn年代，所有事情都可以透過網路click一下就完成，步調太快，快到因果交錯進行。以前的人認為相愛了，才有可能進行到下一步，所以談戀愛還分階段：一壘牽手、二壘擁抱、三壘接吻，等回到本壘就是發生了親密關係。

　　年輕一代沒有規則可言，一見面就直奔本壘的大有人在，有時候甚至搞不清楚對方是個什麼樣的人，就大膽發生一夜情，或是覺得對方外型太可口，即刻就想獻身。

我們家是基督教家庭，聖經對性有規範，而你們的爸爸也一直教導你們自愛的重要，所以我並不擔心這方面的事情。但我想跟你們這一代分享一個很重要的觀念，就是要聆聽自己心底深處的聲音：當你對任何情況察覺有一絲遲疑，就代表這件事情現在還不適合進行，如果硬要進行，那將來一定會後悔。

　　這原則很簡單，但很好用，只要你的心裡有一絲的不安，就不要勉強自己，因為，心最懂自己真正的想法。

　　人是有第六感的，有時候我們就是會感覺到情況怪怪的，說不出哪裡不太對勁，也許當時氣氛正好，看來一切都理所當然，他已經把手放在你的腰上，而你聽說全班都發生過關係，但你的心中有一個小小的聲音說：「不對吧！這真的是我要的嗎？」

　　這種時候請你喊暫停，不要因為怕對方生氣或失望而勉強自己，更不要因為大家都已經這麼做，你也要這麼做。

　　「喊停」是很重要的智慧，心理學家曾經研究過許多暴力使用者的行為模式，發現他們如果在即將發生性行為之前，被對方硬生生打斷，將會暴怒、使用暴力，反應就像小狗嘴上的骨頭被別的狗搶走一樣，絕對要討回公道。

　　懂得喊停，要對方學會尊重你的意願。對方若真的愛

你、在乎你，一定會真正地尊重你。如果對方暴怒、斥責、譏笑你，或是憤而離去，也不用傷心，因為你已經提前看到了他的真面目，他只是想要發生性關係，不在乎對象到底是不是你。所以千萬不要因為擔心喊停會破壞一段感情，就放任自己，好的感情是禁得起暫停的，不好的感情才會在喊停之後怒目相對。

還有人很擅長說服，他會用各式各樣的手段懇求、威脅、壓迫，希望你丟掉自己的原則，配合他的需要，這更不能答應，因為原則是人生活在世界上的準則，不能輕言放棄。如果因為一次的心軟或是礙於情面放棄了自己的原則，所有遵守的規範也都會同時喪失，也迷失了自我。

你的第六感察覺了兩人關係中的某些不對勁，立刻喊停，就能省掉與不適合的人發生關係之後後續更多不堪的發展。

性愛不是搶奪骨頭，不能逼另一方就範，如果真如此，那就是強暴了。

而且性愛牽涉到不只是當下，有許多後果，千萬不要把性看成非做不可的運動，或是大家都有、我不能沒有的流行，更不要因為你愛的人苦苦懇求，就覺得這是應盡義務，而去滿足他的慾望，或是屈服於自身的慾望。

接下來，當你們離開青少年世界，成為獨當一面的成

人，自主性更高了，這原則更好用，因為長大的世界代表很多浪漫會跟著發生。當城市越大，精采的人物就越多，很容易在某一個晚上認識了好棒的人，這時候該怎麼繼續？

你可以從慢慢跟他聊天開始，聊個三個月，然後問他：「想要繼續見面，讓彼此深入交往嗎？」

還是你們之一明天要搭飛機離開，所以趕快上酒吧喝點酒，讓氣氛更美妙，吃點美食讓眼皮往下沉，然後開心地把「可以做的事情」統統集中在一個晚上做完，隔天再也見不到面，沒人知道曾有這樣一回事，彼此沒有承諾，當然不必負責，所以樂得輕鬆？

當「不必負責」、「不用認真」、「沒人會知道」這些字眼出現的時候就要小心了，因為世界上沒有這樣速成的事情，許多錯誤都是在酒酣耳熱之際輕易犯下的。越是浪漫、越是美麗的時刻，就越容易做出沒有經過周密思考的決定。而且，真正會傷害到的人，不是旁人，而是自己。

一次兩次的酒酣耳熱、放縱聲色，會改變你對自己的看法，開始覺得人生就要及時行樂，忘記從兩人互相吸引到共度一生，需要的不只是激情，而是愛、理解與支持。

很多時候我們以為認識對方不在時間長短，實際上要

真正「認識」一個人，真的需要多花一點時間，才能讓他在理財、美食、旅遊這些虛華而安全的話題之外，願意打開心門，認真地談談自己，說出想法，分享人生的精采與失落。

認識一個人，不只代表知道他穿戴的服裝品牌、手錶品牌、任職的公司名稱，也要知道他對未來的想法。到底他會是個點頭之交，或是可以深入交往的好人，絕不是在一、兩個晚上便可以理解的。

我一直認為熱情是個很重要的特質，但熱情不是放縱，不要被一時的氣氛帶到尼加拉瓜大瀑布去，唏哩呼嚕就跌到情境營造的陷阱當中沒頂，那不是熱情。

聖經說：「身體是神的殿堂，不能隨意讓人破壞。」

越是重要的關鍵時刻，原則越簡單，只要稍有遲疑，請一律說「不」。如果心中有顧慮、覺得不安，卻勉強去做，總有一天會後悔的。

勇敢拒絕 SAY NO　　　　　　　　*Rosita's keyword* 關鍵字

超越金星與火星的愛情上尉Ken　　　　　　才子黃大煒超passion的！

勵馨基金會女兒紅來上節目

林宥嘉好可愛哦！

週末生活女王Guest DJ Jimmy　　　　　　李聖傑好帥耶！

當葛福臨福音節慶主持人，
旁邊是林俊傑和牙買加鋼琴家。

下班女王廣播前　　　　　很榮幸能認識獲選全球最sexy的五十個男人之
　　　　　　　　　　　　一，Chris Botti—有名的小喇叭手。

李宗盛好難得啊！

和好友謝麗君、經理陳祥義在廣播間留念。

跟戀人去旅行

Baby,

　　朋友最近極力推薦一種麥芽糖餅乾，在市面上很不容易買到，一買到，便立刻送給我一桶，直說：「真的很好吃，絕對不黏牙！」

　　打開吃，真的很好吃，但超級黏牙，讓我邊嚼邊清除黏住牙齒的麥芽糖，忍不住笑了起來，這麥芽糖怎麼跟我這麼像？以為不黏，其實超黏。

　　很多事情都這樣，沒親身體驗，別人說的都不算數。尤其談戀愛更是想像與實際不同，像我在工作上非常獨立、獨當一面，還能處處兼顧，因此一直認為自己是個獨立而且自主的女人。但一談戀愛，才發現隱藏在大女人面具底下的我是個超黏、不肯獨立、極度渴望關愛的小女孩，所以總要經歷一段調適，對方才驚訝地發現原來我這麼黏，我也才會慢慢挖掘出對方外表看不出的弱點。

　　戀情往往在這個階段最脆弱，但更耐人尋味的是，交往中的兩人都以為「總有一天他會改變」，甚至樂觀地認為，愛能包容一切。

　　但戀情往往無法乘風破浪，路上會有各種波折，考驗

兩人是否能夠堅持到底。考驗當然辛苦，像考試一樣要花很多時間心力準備，有時候還會灰心地想乾脆放棄算了，因為苦多於樂，不知道經歷這麼多痛苦得到的感情，究竟是不是自己要的。

當然也有人死守戀情，阻礙越大，更加努力，無論如何都要在一起。

我經歷過不少戀情，很難告訴你們什麼時候該努力、什麼時候該放棄，努力過得到的，可能日後才發現未必是適合的，有時只是因為不甘心、不想放手而勉強在一起而已。受不了辛苦而放棄也未必懦弱，可能是雙方沒有在適合的時候相逢。

你們說，這樣不是很難決定嗎？有沒有快速鑑定人的方法？其實我相信你們的眼光，你們是這樣聰慧精靈的女孩。不過戀愛時當局者迷，又聽不進旁觀者的意見，所以我要提供一個如何體會彼此差異的好方法。

就像香港人在麻將桌上鑑定人品，我覺得旅行可以讓戀人看清彼此的真實個性。

別家的爸媽知道女兒談戀愛了，可能會說：「女兒，談戀愛不能跟對方太親近，要保持點距離才好，所以婚前千萬不要兩個人跑到需要住宿的地方過夜，這樣會被男生佔便宜。」我反而建議你們在感情穩定、兩人計畫攜手邁

向未來時，找機會安排個小旅行，與你所愛的人離開安全熟悉的的日常生活，一同面對旅途上的瑣事，將會發現對方跟你想像的不一樣。

我們可能愛上對方的外表、履歷、成就或才氣，但旅行當中這些包裝都沒用，僅有的就是真實的個性，旅行不僅是到處觀光，更是讓對方卸下光環的過程。

透過旅行，戀人們將會看到彼此最真實的樣子，而且不能臨陣退縮，因為旅行絕對不止一天，如何在發現對方的缺點之後自我調適、適應彼此，就算下心決定回國就要分手，但在旅程中仍要繼續相處，種種轉折正是真實人生寫照。所以，當你不能確定自己到底是不是找到了另一半，就安排個旅行吧！

像我曾經跟才子談戀愛，他好棒、好有才華，跟他說話總能讓我的心靈得到養分，整天都可以牽著他的手、跟他說些傻話，而他也總是給我無比的愛，讓我滿心幸福地期待未來完美的兩人世界。

我們訂婚之後，他要去紐約工作，笑笑地看著我說：「一起去吧！」能跟心愛的人在世界的各個角落旅行，一直是我最響往的美夢，好棒啊！二十多歲的我邊收拾行李、邊覺得人生真是美好，直到降落在美國洛杉磯機場，發現到紐約的班機超額訂位。

當時航空公司習慣讓較多的旅客訂位以節省營運成本，check in後才開始勸退旅客，「如果你願意搭下一班，給你優惠券」，利誘之下還真有旅客願意改搭下一班機，讓原本超額訂位的班次可以順利起飛，而尚有空位、出發時間比較不好的班次可以找到較多的客人。

　　當時我們都傻了，原訂行程要從台灣飛洛杉磯、轉機到紐約，這下困在洛杉磯又沒位子到紐約，怎麼辦？

　　「Baby，你快去理論啊！」我對才子撒嬌，相信他一定可以風度翩翩、用極度高雅的姿態幫我們找到位子。

　　「等一下、等一下！」才子並不打算前往理論，他認為等一等就一定有我們的位子。

　　「Baby，又過了半個小時，你去問一問吧！」我已經有點火大，不就是去跟櫃台小姐說兩句話、態度強硬一些，就可以搞定了嗎？為什麼他就不肯去？

　　「再等一下！」才子還是不願意出面。

　　儘管平時才子在專精領域上屢屢創造奇蹟，可是到了陌生領域、面對陌生的事情，卻不知道該怎麼處理，再加上他向來個性溫和，實在無法面對即將發生的衝突，才束手無策地什麼都不做。

　　於是我們被困在機場，進退不得，原來才子才華再高，換個時空也只是個平凡人。我越急越躁，就和他在機

場吵起架來，最後我氣急敗壞地決定放下小鳥依人的態度，衝向櫃台理論。真沒想到原來我這麼會「談判」，幾番堅持之後，終於在飛機起飛前最後一刻搶到了我們的位子，立刻拉著他、拎起行李，甚至連登機證都沒拿就衝進機艙。

男生聚在一起常愛幫路過的漂亮女孩打分數，其實女生也會幫男生打分數，不過重點不在外表，而在他的能力，而且這個評分表隨時放在心裡，時有加分、時有扣分。上了飛機、放下行李，坐在得來不易的機位上，我在他原本完美的評價表上記下一項缺點，發現在他洋溢的才華底下，是個無法在日常生活的重要關頭幫上忙的人。

到了紐約之後，評分表可說是滿江紅。出國之前我們從沒溝通過行程，我想，這麼棒的男人一定已經有了充分的規劃，毫無疑問我倆將會度過非常棒的假期。但到了紐約之後才知道他根本沒計畫，問他今天要去哪裡玩？他說他要工作，「那我呢？」他說：「你想做什麼就做什麼吧！」

人在異國，我極度需要他，所以整天等他工作結束後帶我出去玩。來到這裡，不就是為了留下兩人美好的回憶嗎？但他怎麼都在工作，每天越等越生氣，越等越失望，等他回到我們住的旅館時，往往只見到我氣得鐵青的臉和

劈頭丟出的氣話。

結果我以為浪漫的紐約之行除了吃飯睡覺，都在紐約的朋友家裡打麻將，所謂浪漫的兩人世界，從來沒出現過。

現在的我覺得當時的自己好傻，就算另一半沒有計畫，我也應該替自己安排一些行程，但當年的我把紐約的八天全花在嘔氣，氣他不理我、忽略我、沒有好好照顧我，更失望於本來以為他會帶給我很多驚喜，卻只給了我八天的空白假期。最後，我們勉強在當時還存在的雙子星大樓上吃了晚餐，去Prada買了可供炫耀的包包，就這樣回到了台灣。

這不是特例，相信許多人都曾在旅途上跟所愛的人起口角，因為離開家之後，兩人朝夕相處，萬一細節沒有安排好，很容易狀況百出。光處理旅途上這些麻煩事就夠讓人心力交瘁，又怎麼可能玩得高興，留下美好的回憶？

所以，為了準備一趟美麗的行程，出發前必須先跟對方討論清楚所有的細節。我們為何要到這個地點旅遊？是專程度假，還是配合工作之餘度個小假？兩人是天天在一起，還是某段時間要分開行動？兩人對這次旅行各有什麼期望？是想整天躺著或泡在溫泉、泳池裡好好休息？還是要充分利用時間到處走走看看，天亮出門、半夜才回旅館

睡覺？

　　而想去的地方有哪些？交通怎麼安排？食宿怎麼安排？喜歡吃好的？還是睡好的？有沒有一定要做的事情或是一定要去的景點？想吃中餐還是當地的食物？

　　最重要的是，千萬別在討論的時候為了表現出自己的配合度很高，開口閉口都是「我沒意見」、「都可以」、「隨便」，這種答案看似隨性，實際上卻會帶來許多災難。

　　行程上可以隨性，但一定要準備好充分的資料，才能有空間隨性，就算忽然想來個浪漫的燭光晚餐，也能從容地找到需要的資訊，不會敗興而歸。

　　如果情侶當中有一人很愛計畫，一人很愛跟隨，那就是很好的組合。如果有一人愛計畫，另一人嘴巴上說「我都可以」，但臨時卻意見一大堆，一定會翻臉！所以說旅

行是對戀人最大的考驗，可能一同到天堂，也很可能一起下地獄。

　　當然，第一次的雙人旅行有九成機率發生衝突，衝突未必是壞事，才能在下次（如果這次吵完還沒有分道揚鑣的話）旅行之前提醒兩人要多溝通。譬如說：我想去購物，你想去博物館，不如大家分頭行動，時間到了再會合，這樣起碼可以一同吃個快樂的晚餐，分享對方沒看到的體驗。

　　旅行的目的不在發現彼此缺點，而是在磨合彼此的生活習慣、相處細節及分工方式。以前我把對方想得很完美，所以發現對方的能力或是想法有某些不足的地方時，難免會驚訝、生氣，甚至謾罵，但現在的我知道人都不是完美的，遇到問題發生，應該要靜下心來想想該怎麼解決，幫助「我們」一同突破難關。如果他某些能力有限，而我剛好有這方面的能力，那就立刻出面補足；如果我們兩人都不擅長，但又要面對挑戰，那就一起想辦法吧！畢竟這是「我們」的旅程，是我們共同的回憶。

　　現在的我，距離第一趟紐約之行已經有二十年之久了，回想這一段過去，發現旅程中不只我不快樂，才子其實也挺可憐的！原本以為可以陪溫柔的未婚妻出國休息充電，沒想到在機場就看到她恰北北的一面，而接下來的旅

程更是沒有一天好臉色，整天都在生氣，才知道自己愛上的不是可愛的小綿羊，而是愛生氣的母老虎！好在他當時沒有被我嚇跑，不然，就沒有你們這兩個可愛的女兒了。

啊！我好像把你們的爸爸「不能說的秘密」給抖出來了！

但是，Baby，千萬別在戀情的開端就跑去旅行，因為彼此太陌生，感情基礎又薄弱，出門在外大吵一頓很容易一拍兩散，氣到極點還得搭同班飛機回國，有點尷尬吧！

所以這趟旅行的時機也很重要，先培養基本的信任與了解，有了共同的感情基礎之後再出發。在過程中學會互相尊重與妥協，學會讓彼此當最好的旅行伴侶以及人生伴侶，就能牽手走得更遠。

愛之旅 TRAVEL WITH LOVE   Rosita's keyword 關鍵字

帶舊傷談新戀情

Baby,

　　戀愛跟樂透有點像，有時成功、有時失敗。最大的不同在於買彩券的顧客即使已經摃龜了九十九次，仍期待下一次會贏；但如果有個人談戀愛失敗了三次，很容易變得不相信愛情，不相信自己會找到命中注定的另一半。

　　其中最大的差別在於賭客堅信這次失敗與下次賭局無關，幸運總會來臨；但戀愛的失敗者卻很容易相信自己是失敗的一方，相信下次也注定失敗，終生不能在愛情中翻身。

　　這恰巧反應了觀點的不同。樂透與機率相關，不論機率有多低，賭客都樂觀相信自己會是那億萬分之一的幸運兒。戀愛中的人往往卻只因為跟全世界十三億人口裡的一個人談戀愛失敗了，就相信其他的十二億九千多萬人都不適合自己，因為他們無法忘掉舊傷口，所以投入新戀情時難免膽怯，時時刻刻擔心著這次會不會又失敗，這樣的負面想法多了之後，果然就失敗了。

　　我有很多很棒的朋友，他們的人品好、學識好、工作能力強，但談愛情偏偏一塌糊塗，總是愛上不對的人，總

是帶著滿身傷痕離開，分手之後甚至還幫舊情人還債。曾經我百思不解，為何好人總是遇到這麼壞的對象呢？到底是哪裡出錯了呢？

後來發現，他們的共同點是都帶著舊傷口談戀愛。曾經在愛情中受害，讓他們心中不安，越幸福就越擔心接下來會發生不好的事情，所以一點風吹草動，就會讓他們緊張，想著是不是又要發生同樣的事情了？

我相信愛情是會讓人變好的原動力，因為愛情會讓我們想要當更好的人，但在愛情當中受的傷如果沒有妥善處理，很容易會侵蝕掉信念，讓人不由自主的相信好事不會降臨，甚至等著壞事發生。

就像是已經習慣考試成績很差的學生，一看到考卷就掩卷說：「我不會寫，反正一定成績很差。」或是業績不好的業務員遇到了上門顧客，心中總想：「這一定是個奧客！」不熱情招呼，對方當然也沒意願購買。

我們身邊有太多可以參考的例子，「反正一定會失敗」、「反正他不會喜歡我」、「反正我不重要」……事出必有因，但這些負面的念頭才是讓事情惡化的主因。當我們不相信自己會成功，成功就不會從天上掉下來；若一心相信肯定會失敗，失敗真的會發生。

所有人或多或少會在愛情當中滑跤，像我離過婚，這

痛苦不會在一年之後消失，如附骨之蛆，時時刻刻地啃蝕著對愛情的信心。

後來發生了新感情，心中當然忐忑不安，偶爾的意見爭執往往會讓我嚎啕大哭。男友看了覺得很驚訝，不知道我心中竟然藏了這麼多怨氣，後來我也才發現自己的難受不只是為了眼前的事情、眼前的人，而是為了一路以來承受的挫折與傷害，這些累積的傷其實跟眼前的人事物無關，我是為了過去的我哭泣。

朋友說：「沒關係，我知道你是掉進了過去的傷口裡，是回到過去受害的模式，但我相信你同時也是那個充滿了愛與關懷、真誠死窩心的人，我可以等你，我們一起療傷。」

這些諒解與安慰可以讓曾經在愛中的失敗者找回信心，鼓起勇氣正視過去的陰影，克服心中的恐懼。

有時候，我們愛上的人心中也帶著舊傷口，會有某些不能碰觸的地雷。若要愛一個人，就必須有心理準備要包容他的過去，不管過去是好或不好，都要一同面對、一同

成長，透過溝通讓原本愛的小草屋變成愛的磚屋、愛的鋼骨大樓。

　　但要記得，當我們知道對方的舊傷口在哪裡時，千萬不要動不動就故意做出激怒對方的事情，不要在傷口上撒鹽，要用同理心面對他的傷，給他時間，讓他慢慢癒合、慢慢結痂，總有一天，他會感謝你的溫暖與包容。

正面思考 POSITIVE THINKING　　　　*Rosita's keyword* **關鍵字**

愛情沒有勝負

Baby,

　　我當然好奇你們將來會遇到什麼樣的愛人，也希望愛情能讓你們的人生豐富而精采，但我不會說：「祝你們在愛情當中只贏不輸。」

　　道理很簡單，愛情是沒有勝負的。

　　有些人會誇下海口說，「我在愛情裡從來沒輸過，我是愛情的常勝軍！」

　　這我就不懂了，愛情什麼時候跟輸贏有關了？什麼是贏，又什麼是輸呢？

　　假使兩個人交往了一段時間，某甲說：「我想跟你分手，因為不愛你了。」某乙哭著說：「求求你不要離開我！」

　　乍看之下，這兩個人的輸贏很明顯，某甲先說分手，所以他應該是這個關係當中的贏家，而某乙不想分手卻被迫分手，看起來像是輸家，但只要把兩人的人生拉長來看，就會發現某甲的未來不斷的換伴侶、不斷跟許多人發生短暫的戀情，每次看起來他都贏了。

　　而某乙離開某甲之後，遇到了個真心珍惜他的對象，

　　兩人相愛相守，到老都敬重對方，某乙真的輸了嗎？

　　　其實愛情真的沒有勝負，短暫的結局都只是人生的小插曲，人生是一輩子的努力。戀愛是一個過程、婚姻也是一個過程，為人父母也是一個過程，每個過程都要努力地負起自己該負的責任，沒人會說這是個贏的老公、這是個贏的爸爸，反而會說他是個負責任的老公、是個負責任的爸爸，人生不會時時刻刻拚輸拚贏，但時時刻刻都在挑戰自己。

　　　當然，失戀會帶來失敗的感覺，覺得自己什麼都不是，卑微到像鋪在地上、任人踐踏的人肉地毯。有些人受不了這種失去的感覺，覺得不甘心，於是走上絕路，有人自殺、有人拿起刀、拿起硫酸報復讓自己失戀的對

象，社會上發生了許多這類恐怖的情殺事件，讓人見識到美麗的愛情背後帶來的恐怖後遺症。

談過幾次戀愛之後，我漸漸發現很多事情只要觀看的角度不同，就會帶來不同的結果，就像失戀當然會讓我很不甘心，為什麼付出了愛卻換來傷害？但有時候，在愛情當中真的要先輸了才會贏。

輸了才會贏，就像蹲下來可以跳得更高一樣。失戀之初我們會很錯愕，滿腦子混亂沒辦法想清楚，但一段時間之後可以開始思考、開始學習。喔！原來我的佔有慾會讓對方感到恐懼。喔！原來天天打電話給他，反而讓他覺得我不信任他。喔！原來我把他捧在手心，反而讓他無法學會愛我。

這些心得在往後都會化成養分，當我們又遇到心動的對象，就會從錯誤中學習。學會信任的美好、學會距離的重要、學會溝通的必要。就像我很喜歡的電影「英倫情人」裡的一句對白：「我們都從失敗中學習。」

我從失戀中學會當愛情結束，不要不甘心，因為彼此都是好人，只是不合適。而失戀時更不必覺得顏面盡失，就像試穿鞋子，如果鞋不合腳，不管再美麗也不該買，勉強穿著也只會腳痛到無法行走，而且我們總會找到喜歡而且穿起來舒適的新鞋子。

戀愛也是一樣，雖然已經付出了珍貴的感情與時間、已經許下了山盟海誓，但若發現彼此有著無法克服的障礙而必須分手，起碼我們在過程當中感受到了相愛的美好、也留下了快樂的回憶。若真的覺得這個障礙無法克服，幾經努力也無法挽回，也不必認為一定是自己哪裡不好，愛情畢竟不是是非題，而是選擇題。

　　我覺得愛情沒有輸贏，但愛情卻會失敗，愛的反面不是恨，而是冷漠。就像兩個原本相愛的人，當愛情變質了卻還為了某些因素死守在一起，死守到兩人的愛情死亡，成了一個屋簷下、兩個漠不關心的陌生人，這才是失敗的愛情。

　　當愛情變成了冷漠，以愛之名被挾持在關係裡的兩個人，才是愛情裡真正的失敗者。

學習 LEARN　　　　　　　*Rosita's keyword* **關鍵字**

不加味精的愛

Baby,

　　每當到了情人節，所有戀愛中的人都會格外期盼，不知道今年會收到什麼情人禮物？不知道上哪吃情人節大餐？

　　其實大禮物跟大餐都是商人用來給消費者洗腦的文宣，有了禮物、有了大餐，卻不一定代表其中有愛。在KTV唱情歌唱得好不好、對我的朋友大不大方、兩人假期是去威尼斯還是去淡水，都無法代表愛情，更無法測量愛的深度。

　　商人操弄著愛情，透過廣告告訴天下人，只有鑽石才恆久遠，所以有了愛情之後，還必須找顆鑽石作見證。廣告又說，兩人應該搭郵輪體驗世界上頂級的愛之旅，於是郵輪也成了愛情的必要條件。越來越多的物質成了愛情的代言人，反倒搞不清楚純粹的愛到底長什麼樣子，甚至忘了愛情的基礎在於兩個人心意相通，反而花時間在斤斤計較鑽石大小、房子大小、存款多少。

　　愛情絕對不是買得越多、愛得越深，就像煮菜並不是味精放得多，就能煮出好菜。

我的廚藝不精，最近總算進步到可以在家開伙，但唯一的菜色就是清蒸花椰菜或是水煮花椰菜，好吃的花椰菜只要新鮮，加點鹽就有無窮滋味，根本不需要放味精。

　　大多數的餐廳都喜歡添加調味料，原因可能有二，其中之一是顧客大都已經長年習慣重口味，口味越重越好吃，所以大廚加上大把鹽、大把味精、大把辣椒。火越大，菜越香，顧客越多，問題是過鹹的菜餚對腎臟負擔很重。

　　第二個原因是食材不夠新鮮，所以要下很重的辛香料掩蓋腐敗的臭味，顧客永遠不知道自己吃的是哪裡買來的菜，只會記得很夠味道、有獨門醬料。

　　因此，我很不贊成你們吃炸雞、雞排，一旦過多的調味料掩蓋了食物的真面目，消費者永遠搞不清楚自己吃進嘴巴的到底是什麼，市面上出現了越來越多匪夷所思的食物添加劑，都是為了美化食物的產物，像三聚氰胺讓食物的蛋白質含量提升，卻會傷身體。

　　當我們無法控制過於複雜的事情，便開始尋求簡單，像「樂活LOHAS」概念便是如此，消費對身體好的、對環境好的物品，讓生活變得簡單些，也環保一些。而我也希望能夠慢活，有句英文俗諺說："living fast, dying young"現代人什麼都求快，過度消費地球資源，將來後

果不堪設想。

　　如果可以，學著慢下來。吃飯吃太快有礙健康，開車開太快容易出車禍，愛情來得快也去得快。慢慢來，才會發現生活周遭許多細微的美麗。

　　像我曾收到一束很特別的花，其實不是花的本身特別，而是我與花相處的經驗很特殊。收到花當然很開心，帶回家後整束插進花瓶，沒打開包裝、也沒多加注意。過了幾天，發現花快凋謝了，動手打開花束整理，移除枯萎的，留下嬌豔的，這才注意到花周遭的綠葉有多可愛。

　　這小葉子不全綠，還滾著淺米色的邊，每片葉子的花紋都不同，單獨看有單獨的美，幾片葉子湊在一起竟然像抽象畫，越看越有趣。我打電話告訴送我花的人：「葉子好美麗！」他問什麼葉子？因為他只注意到花，沒留意葉子原來也很有個性。

　　其實萬事萬物都值得靜下心觀察，就像我意外發現在引人注意的花之外，原來還有如此美麗的葉子。而這麼多年收到了無數美麗的花，我卻從沒細細觀察過，沒發現這

朵花的顏色跟其他的花是這麼的不同？而且每朵花都有不同的姿態，只要注意到今天這朵花開了一半，可能到明天就會盛開，心中多了份期待。

其實花的美，就美在這過程，慢慢綻放、慢慢凋謝，所有的過程都動人。但若只是收到花時看一眼，花謝了就丟掉，所有過程之美都白費了。

生活也是一樣，有空慢慢欣賞就能發現各種滋味，若只會走馬看花，即使到了巴黎，也覺得這城市無聊乏味。

愛情也是一樣，從相遇開始，每分鐘都是過程，有各種滋味，不能光靠嘴巴說「我愛你、你愛我」，要在過程當中好好欣賞對方，喜歡他的什麼地方？喜歡他怎樣牽著你的手？喜歡他吃飯時專心的樣子嗎？還是喜歡他對待人的好心腸？

慢慢地看他，觀察他的喜怒哀樂，他怎麼生氣？他怎麼高興？他的個性到底是什麼樣子？他的價值觀呢？什麼是他生命中最看重的？當你需要幫助的時候他怎麼對待你？點點滴滴，就構築成了你喜歡的人的模樣，這些絕對與他在情人節買了什麼無關，也與他帶你去看哪部愛情電影無關，因為愛不只是一首歌、一部電影或是一頓晚餐，愛是真實的情節，要你自己去用心體會。

很多朋友都告訴我：愛情開始的時候最美。當然！因

為心動的那一刻，愛因斯坦說連時間都相對變慢了。

可是現代化生活的步調慢不下來，很多人為了保持競爭力，身兼兩、三份工作，下班之後還要進修，時間成為奢侈品，便想把工作上的效率帶進愛情，用形形色色的愛情替代品來傳遞感情。但效率往往是愛情最大的挑戰，替代品雖然美好，卻都比不上心靈的溝通，若你覺得一段感情越來越乏味，那可能是彼此相處的時間不夠，或是相處時其實都在忙各自的事情，沒有真正用心經營愛情。

只要隨時活在當下，慢慢地體會你們的愛情所經歷的轉變，慢慢調整彼此的步伐，相信兩人的心只要緊緊相繫，這份快樂會回來的。

慢愛 SLOW LOVE　　　　　　Rosita's keyword 關鍵字

好了，別等了

Baby，

　　電視上出現一則廣告，打動了我。

　　女孩看到了電視上的日本旅遊廣告，男友說：「想去嗎？下次帶你去？」女孩笑了。

　　在路上看到了漂亮的包包，男友問：「喜歡嗎？下次買給你。」

　　兩人認識三週年，女孩拿出禮物，男生則尷尬的說：「我忘了，下次補給你！」

　　等女孩拿著行李要跟朋友去日本玩了，打電話給男生，男生在喧鬧的環境裡說：「我不是說下次一起去？」

　　字幕出現，寫著：「期待下一次，不如靠自己。」

　　這廣告描寫得太好了，聽了三年的「下一次」之後，女生終於知道這個男生從沒有真的承諾過什麼，所有的下一次都只是隨口說說，而自己在他心目中的地位也可想而知，所以不等了，再等下去，也等不到自己想要的真愛。

　　談戀愛的時候，「時間差」往往會影響感情的品質，像平常約會，誰會遲到？當工作、家庭、親情、友情都放在愛情前面爭寵時，誰先誰後？該怎麼安排？

在愛情剛開始的時候，當然愛人放第一位，等感情順利開展了，其他原本被摒除在兩人世界之外的事件陸續發生，什麼時候要跟朋友一起吃個飯？跟我的爸媽吃飯？跟他的爸媽吃飯？我的好朋友想找我去逛街，所以不能陪你了；我的弟弟要打籃球，中午不能見面喔！我的乾妹妹想約我看電影，晚上沒辦法見面……

許多事情會打斷你們的約會，而且會帶來奇怪的感覺，是我不重要了嗎？是他不愛我了嗎？為何他總是要跟乾妹妹一起吃飯看電影？那我怎麼辦？

其實戀人之間的問題大多都跟時間分配有關，以前的我很不習慣男朋友忽然取消約會，會覺得他一定是不愛我了，才這樣輕然諾，所以動輒生氣，要他對我好一點。

事過境遷之後，回頭想想，誰沒有家人、誰沒有朋友？如果只想談戀愛、不想更進一步發展，是可以只看到他的某一點好，可以不准他跟其他朋友聯絡，強迫他的眼睛裡只有我，反正這樣的做法大概只會讓戀情快速夭折。

若是想長期交往，攜手一生朝著婚姻前進，那就得概括承受他的一切，包括他的家人、朋友，以及不知道哪裡來的乾妹妹。要有心理準備，不能光愛你喜歡的長處，他的缺點也要一同包容，因為沒有人是完美的。

但大多時候我們無法忍受自己不在情人的重要排行榜

上名列前茅，我們總希望愛情放在第一位，可是實際上總
會有許多事情，像是很重要的客戶、很重要的考試、很重
要的家族聚餐冒出來，排擠了我們。

　　下次要發怒前請記得，愛情是個「雙人套裝行程」，
不能夠只挑自己喜歡的，還要分擔不喜歡的。

　　如果你不喜歡吃牛肉，偏偏交了個愛吃牛肉的男朋
友，那要不要繼續交往？

　　明明開始交往的時候經常甜言蜜語，日子久了卻變成
柴米油鹽，要不要繼續？

　　這些選擇題都是愛情路上會遇到的，有些人可接受，
有些人不能，不論如何，這都需要溝通與討論，彼此針對

介意的部分多討論，看是否能夠接受對方的生活習慣、是否能諒解並尊重對方的選擇，是比較成熟的處理方式。

而且發生衝突的時候不求立即解決，急著要答案，反而壓縮了協調空間，彼此都想讓對方聽自己的，那到底該聽誰的？事緩則圓，讓時間來解決難題。

當愛人分身乏術時，我可以生氣讓兩人都不開心，也可以讓缺憾圓滿。何不告訴他：我明白，你一定也不想這樣，但沒關係，我可以體諒的，不如你事情辦完之後給我個電話，讓我知道一切都好。

這不是委曲求全，而是重新想像。與其讓兩人之間的關係經常處在劍拔弩張的緊張狀態，最後逼得雙方無路可走，或許，可從他的角度出發，他在意我，所以發現不能赴約就立刻打電話來道歉，那我何不也表現出我的關心與體諒，這樣他會更敬重我，將來我也有類似狀況的時候，他也能以同樣的體貼包容。

在經營感情的時候，有時候要能捨才能得，捨去一些陪伴的時間，得到更多的敬重，這樣雙方才能互相調適，走得更遠。

但包容只能偶爾出現，總不能天天拿不同的對象當理由來取消約會，這背後必定另有文章。而且所謂的包容，不包括容忍壞習慣，總不能遇到一個吸毒的毒蟲還要包容

他吸毒的問題，這就是縱容了。

我的經驗是有些人能等，有些人不能等；有些感情值得熬，有些感情不值得熬。就像廣東人的煲湯，原本簡單的食材經過長時間的熬煮，就能熬出一鍋暖胃潤心的好湯，但如果鍋裡放著已經腐敗的材料，熬得再久，也沒人敢喝。

至於哪些人可以等、哪些人不能等？只要記得你值得愛，你的愛絕對不是跳樓大拍賣，自然會等到真正珍惜你的人。

適當的順序 PROPER ORDER　　　　Rosita's keyword 關鍵字

從爭吵中學習

Baby,

　　這個世界上，任何一種關係都有可能發生爭吵，母女之間、夫妻之間、同學之間、同事之間，即使只是去早餐店買個油條，都可能在陰錯陽差之下跟排在後面的顧客發生爭吵。

　　我非常討厭吵架，但有時候不得不出面吵，與從沒見過面的陌生人吵架已經夠瘋狂的，最瘋狂的還是跟自己所愛的人吵架。

　　記得每次開始一段關係之初，總是覺得這個人跟我好合啊，我們想的事情幾乎都一樣，真有默契！但這種愛苗初生時的契合很快就會被許多的意見不合打散了，幾乎任何事情都能吵，例如：大家都曾聽說過的牙膏怎麼擠也能讓情人吵翻天！

　　情侶之間的口角有時候可以化解，有時候會累積，漸漸地彼此心中都有了芥蒂，像路上被挖了個大坑，儘管鋪上柏油假裝沒事，但一下雨，大洞立刻現形，想裝沒事都不可能。

　　有個女生說，上回她跟男友吵架，是因為男友撞壞了

她的腳踏車，我笑她，不就是輛腳踏車而已？她說：「不一樣！」這台是她剛剛買回來的新車，沒騎過幾次，男朋友想借去騎騎看，沒想到跌了一大跤回來，人是沒怎樣，但新車的輪胎報銷、骨架也變形了！

　　女生說，這還不是當天最慘的事，最慘的是她還被男友罵了一頓。

　　這引起了我的興趣，應該由撞壞車的男朋友道歉，怎麼反過來，無辜車主還被罵了？

　　女孩說，她看到車壞了當然心疼，男生雖然已經說了所有的修車費都由他出，而且外加天天接送以示陪罪，但女生還是忍不住說：「這是我的車欸！」

　　男生立刻火大的說：「難道你的車子比我重要？」

　　唉！事情就是這樣一發不可收拾，兩人就在腳踏車道旁邊吵翻天，女生越想越委屈、在路旁哭得慘兮兮，最後男生撂下一句：「你這麼情緒化，我們以後怎麼走下去？」

　　其實兩個人都不想分手，男生犯錯在先，心裡很抱歉，但面子掛不住，所以想出一串補救措施。女生也沒那麼生氣，腳踏車原本就是想要兩人一起從事戶外運動才買的，但一看到新車摔壞了，她心情當然不好，沒想到抱怨幾句，竟然點起了戰火。

我發現，男生愛面子，怕沒面子，所以覺得道歉很丟臉，寧可拿出補救措施作為具體的道歉行動，但女生覺得起碼你應該親口說聲對不起，至於維修什麼的，反倒不是她在意的事情。女生委屈地告訴我，她覺得男朋友好怪，為什麼光顧著修車的事情，卻不肯修補她的情緒。畢竟修車只是表面的，修補兩人之間因摩擦而起的裂痕才是首要任務。

　　但沒想到男友竟然說出：「往後怎麼走下去？」讓她更委屈，心想連這麼小的事情你都要無限上綱，往後真的沒辦法走下去了！

　　類似這種小摩擦引發的誤會，可說是情侶吵架的基本類型。兩人起初都沒這個意思，但卻發展成這種尷尬的局面，接下來還要冷戰比賽誰先低頭，先低頭先輸，所以更加僵持不下，眼看分手還真的就在眼前了。

　　這種小吵架反映了男女兩種性格，男生重自尊、愛面子，所以迷路了也不肯問路。女生則習慣對人不對事，任何事情只要結論是「我愛你」，女生都願意諒解。但偏偏吵架的雙方都不肯照著對方的規矩做事，因此一發不可收拾。

　　我認為吵架對於感情發展有著正面貢獻，因為人在相愛時多半隱藏了自己覺得不敢見人的真面目，只有在吵架

的時候能讓真面目浮現，衝動時才能講出心裡真正的想法，這方面是有助雙方互相了解。

但在情緒極度激動的情況之下，說出來的話往往夾帶著刀劍，儘管真實、卻很傷人。更要訓練自己在激動時冷靜下來，嘴巴閉緊，先思考清楚來龍去脈再開口，而且開口之前要想清楚，不要說出會讓自己後悔的話。

吵架最忌諱口不擇言說出真正傷害對方的話，可能要狠的當下會帶來五分鐘的爽快，但隨後就會非常後悔傷害了對方，花一萬分鐘都未必能夠彌補，所以我認為情侶之間發生爭執時，急救的第一步驟一定是「冷靜」。

冷靜，什麼都不要說，像聖經上說的：「要快快聽、慢慢說、慢慢動怒。」千萬不要讓沒經過詳細思考的話從嘴裡蹦出。

雙方都能冷靜下來，事情就有轉圜餘地，女生知道男生愛面子，男生知道女生的心靈受傷了，該道歉的道歉、該擁抱的擁抱，其實事情沒什麼大不了。

真愛對方，就要彼此珍惜，就算意見不合也不該咒罵，更不要在對方道歉之後還故意刁難，故意哭得很大聲讓對方內疚，用委屈來引起注意。這種受害者角色扮演久了，任誰都會看膩的。

雖然吵架有益溝通，但吵多了真正會傷感情，「吵—

和好—吵—和好—吵—和好」的公式進行久了，很容易就會因為太過疲累變成「吵—太累—再見」而分手。不如在吵架發生之前先行溝通，把我所想說的、你所想說的真話都攤開來談，就可以變成「溝通—好—溝通—好」的循環，用溝通取代吵架。

　　女生可以靠著自我練習來學會冷靜、學會控制情緒，在要爆炸前提醒自己冷靜，但想改變任何習慣都不容易，需要多一點時間來適應。

　　至於不認錯的愛面子習慣也有辦法對付，平日不妨灌輸他這樣的觀念：「其實心理學家發現：男生道歉會讓女生更愛他。」告訴他道歉、示弱非但不會顯得男生軟弱，反而會呈現他在感情上的深度，你也覺得如此。

　　雙方誠實對待彼此，學著用分享代替爭吵、擁抱代替指責，其實相愛的人必定有相愛的道理，只是日子久了，遺忘了溫柔。要常常想到：我們對陌生人尚且能友善禮貌，何不對自己喜歡的人、親近的人多些耐心呢？

修補 FIX IT　　　　　　　　　　*Rosita's keyword* **關鍵字**

空洞的腦沒有吸引力

Baby,

如果有一天，你們失戀了，不要太悲傷，因為在這段過程當中你們一定學到了些什麼。

說來好笑，你們看過我失戀的樣子，好像世界末日一樣，但現在我卻這樣輕描淡寫地告訴你們，萬一失戀不用太過悲傷。

當然不容易做到，但也是有些方法的。

依照我這麼多年來的經驗發現，要永遠相愛當然不容易，但如果能在相愛的過程當中過好每一天、珍惜每一天，就算愛情結束了，也滿心感謝。

以前的我會努力的想把自己的雙手掛在愛人的脖子上，黏著他不肯放，現在的我知道，要先過好自己的日子，先確定自己一個人也能自在生活，再開始談戀愛，其實會更有魅力。

目前我擺在桌上的愛情銘言是：

"If you smoother him, he'll go into defense mode and look for an escape route to protect his freedom."

如果你的愛讓男人窒息，他會啟動防衛機制，而且尋找逃生路線來確保自己的自由。

原來太過濃烈的愛會導致相反的效果，而為了愛奉獻出自我，當然也只能既驚訝又傷心地看著對方離去的背影，還恍然不知是愛讓他窒息了。

但若能過好自己的生活，沒有他的時候，我有著精采的人生；有了他，我依然能過著精采的人生，這種不求他人協助的精采，反而確保了愛情能有生存空間。

因為自己活得精采，就會擁有自信，受自信吸引而來的也一定是個精采的人物。

若每天都覺得自己少了些什麼，渴望透過愛情讓自己圓滿，所以一遇到對象就萬分緊張，先緊張於不知道他是不是那個前來救援的王子，能把我從枯燥的日常生活中解救出來；等王子真跟自己交往了，又開始擔心愛情夠不夠堅定？夠不夠抵抗未來的危機？整天生活在不安當中。

如果你見過這種惶惶不安的人，又怎麼可能會愛上他呢？因為他的眼神空洞、腦子空洞，光想著旁人來拯救他，從沒想過其實自救最有用。

如果每天都知道自己的任務在哪裡，就能過得很有自信；如果知道自己的目標在哪裡，每天出門都很篤定；如

果能夠妥善安排每天的生活，那我相信每天都會過得很愉快。

但如果把時間都留在等待男朋友、找尋男朋友，相信我，這是在做傻事！有空等待，不如拿時間去尋夢、去築夢，能夠自己實踐自己的夢想，不管愛情發生或不發生，都能感受到心中有朵旺盛的小火苗蓄勢待發，都能覺得每一天沒有白過。

我曾跟一位男生朋友閒聊，他說最怕遇到沒有生活目標的女生，問她喜歡什麼，她回答：「喜歡跟你在一起做你喜歡的事情。」他堅持想知道這女生到底對什麼有興趣，女生說：「凡是你感興趣的我都可以。」

他沉默了三秒之後說：「難道沒有我，你就什麼都不感興趣了嗎？」

這種刻意矯作的新世代版「女子無才便是德」，讓他覺得壓力很大，跟這種女生談戀愛，好像背上要揹個千斤重擔，因為她凡事都要仰望他，事事都希望由男生幫忙決定，所以他禮貌地拉遠了彼此的距離，另外找個起碼可以聊聊天的對象。

男生都怕這種依賴感，像遇到吸血鬼，想立刻轉身逃走。沒有自己思想見解的人比吸血鬼還要可怕，因為空洞的腦完全沒有吸引力。

想要有個精采的戀情，就要懂得拿出真正的自我來談戀愛，不要裝作小女人、不要用癡傻來裝扮自己成為無害天真的小女孩，因為不是每個男人都有戀童癖。

　　以前的戀愛小說總愛寫：「沒有你，我活不下去！」把這種情緒當作戀愛的昇華，愛要愛到直教人生死相許。只是現代版的生死相許成了情殺，台詞改成：「沒有你，我就讓你活不下去！」讓人不寒而慄。

　　所以是時候該讓愛情與生命各自獨立，別動輒為愛而生、為恨而死。總要先老老實實地認識自己，覺得自己是個有趣而且有使命感的人，會讓接下來的戀愛更加有趣。

　　假使人生枯燥、生命乏味，應該做的不是交個男朋友來對抗孤單。也別為了修電腦、修電燈、颱風天時有安全感、逛街時有人提紙袋而交男朋友，如果愛情是為了這麼無聊的理由存在，那真是污衊了愛。

　　假使你感到孤單，代表心靈還有很多成長空間，可以閱讀、可以學習，用心靈成長對付寂寞。把自己準備好，找出自我生活的重心，很自然的就能夠擁有足以與人分

dream

享的心靈，讓人想親近，想與你一同完成很棒的事情，這些都能讓愛情加分，讓愛情不是兩人關係的負債，而是大大的寶藏。

以前我曾經不能理解為何Beatles的約翰藍儂會愛上小野洋子，洋子並不是好萊塢的美女。約翰藍儂過世多年後，終於明白他看到了什麼，他看到了小野洋子的獨具一格，他看到一個相信自己、知道自己追尋什麼的女生，擁有自己的價值觀，不願意媚俗取悅旁人，這知性的美、智慧上的挑戰、心靈上的振動，太有魅力了。

小野洋子像在對著全天下的人說：「來愛我吧！而且我不怕旁人來搶你！失去我會是你人生最大的損失！」

愛情會榨乾，美女會看膩，但智慧不會枯竭。努力充實自己，不要讓愛情打亂成長的步調，我希望你們也能像一本好看的書，永遠有說不完的故事！

空間 SPACE   *Rosita's keyword* 關鍵字

單身快樂

Baby,

　　大多數的女生一輩子都少有機會過單身生活，結婚前跟父母同住，出嫁之後跟先生同住。像我就是這樣，從沒想過會離婚，更沒想過有一天居然會再度成為「單身女郎」。

　　心理學家分析，喜歡對旁人做某件事情的人，其實內心希望旁人這樣對待自己。像是喜歡疼愛旁人的人，其實自己最想要受人疼愛；喜歡關心別人的人，心裡渴望的是被人關心；喜歡付出愛的人，期待的是被人愛。

　　像我這樣一個這麼喜歡照顧人、愛人、疼人的個性，當然也很期望永遠活在愛與關懷當中。可想而知，恢復單身的那段日子有多難過。

　　一開始回復單身，我非常害怕節日，也不習慣看到過節日，不管是情人節、聖誕節，甚至連中秋節，都會突顯我的形單影隻，讓我連出門都感到壓力。因為滿街到處都是準備過節的人，大家聚在一起吃大餐、湊在一起烤肉，說說笑笑，而我只有孤獨一人，就算到朋友家一同慶祝，還是會知道自己不屬於這個家庭，在任何地方都顯得格格

不入。

　　有些很畏懼大家庭聚會的人會說，「那種家族聚會才無聊呢！我還巴不得自己一個人過節！」

　　但我真的很期待能夠加入一個大家庭，聽著大家你一言我一語的抬槓，然後有個人發號施令說：「吃飯了！快去添飯！」接著，一個人拿碗筷，另一個人幫大家添飯，在碗盤聲與喧譁聲中，所有人圍著一張大桌，吃吃喝喝。

　　說來也好笑，嚮往一個人過節的人，背後總有個大家族，而我這個期待與一大家人相處的，卻總是孤單一人。這應該就是生命的幽默感，總讓想拿到比基尼泳裝的人抽到純羊毛圍巾，而期待拿到keyboard的人獲得烤肉架，夢想與現實總相距甚遠。

　　但生命的趣味就是在於這些落差，我發現，任何的情況都沒有好壞區別、也沒有悲喜，因為都是自己的選擇。

　　可以選擇進入一個大家庭，然後在享受大家族的溫馨熱鬧之外，也要承受壓力與忙碌。

　　也可以選擇過一個人的生活，很自由，但沒有人可以分享生命中的喜怒哀樂，高興的時候快樂不會加倍，悲傷的時候傷心不會減半。

　　這都是選擇，重要的是肯定自己此刻的存在是有意義的，不要認為發生在自己身上的事情是懲罰。

像我以前曾經認為「一個人」很可憐，如果能夠兩個人結伴做的事，絕對不會自己一個人去做。甚至在路上看到某個路邊攤有人獨自在吃飯，都會覺得很心疼，想像這個人一定是犯了讓人無法忍受的錯誤，才「落得」要自己吃飯的下場。

　　在我過去的觀念當中，落單就代表失敗，所以落單的人一定是個失敗者。只是沒想到後來自己成了單身，被迫獨立，這些都是當年的我沒想過的境遇。

　　單身好不好？以前的我會覺得不好，但現在的我發現單身是讓人獨立的必經之路。

　　像離婚之後我必須自己住，但自己住並不只是一個人生活這麼單純，所有的事情都要自己一手包辦。電燈壞了要自己修，沒電了要自己找出手電筒，所有事情都只能自己一肩負責。

　　一開始曾想過要找個室友或是養隻寵物，但一想到有了室友之後還要彼此遷就，養個寵物作伴、又多了要照顧的對象，都是牽絆，因此決定自己一個人生活看看。

　　在台北前前後後住了幾個區域，我始終沒有自己張羅過居住空間，總是委託朋友處理居家佈置，但這次從敦化北路搬到大直，卻因為一連串的失誤（或是巧合），終於，我必須要自己面對搬家的大小瑣事。

原本我找了個女性朋友幫忙，她陪我到處看房子，她先看中了這棟位於大直的房子，我不贊成，因為房子內部空空，什麼都沒有，只有隔間，沒辦法搬進去就立刻住下，但朋友說她會陪我買家具，於是我放心地簽下租約。

　　準備搬家前，朋友忽然說她一定得去拉斯維加斯一趟，所以不能陪我挑家具，也不能陪我處理房子，我口中說著沒問題，但心裡慌得不得了。

　　糟糕！租約都簽了，另一邊的房子也已經退租，這下該怎麼辦？只好硬著頭皮從頭學起。

　　但要把一個房子從無到有裝潢完畢，可不像買衣服，只需要買上半身、下半身，然後搭配配件就可以搞定，也不像添購一盞燈那麼單純。

　　房子有許多牆壁，需要很多家具還有收納空間，如果東買西買，每樣東西都只因為看順眼就往家裡堆，那將會一團混亂，沒辦法展現出風格，更別說品味了，所以一開始我完全不知道該從何下手。

　　幸好朋友離開之前介紹我認識了一位設計師朋友，我在他的協助之下，開始思索該怎麼裝潢自己的家。

　　首先，我先把自己這幾年最愛看的室內設計雜誌翻出來，先挑出自己喜歡的風格，然後標示出其中特別喜歡的家具，這時候才知道室內設計之所以複雜，正是因為各種

家具的血統不同，有美國的、義大利的、英國的、法國的風格，而每種風格不一定要全數統一，可以混搭，更有味道。

我知道穿衣服該怎麼混搭，但家具該怎麼混搭呢？

該怎麼才能讓義大利風格的椅子與美國鄉村風格的餐桌搭配？英國的咖啡桌要怎麼配上日本禪風的燈？這些風格與血統讓我想破頭，後來發現想要的東西若太多，將會導致風格混亂。

最簡單的做法就是「一次只挑一樣東西」，先在所有喜歡的物品中挑出一件，由這件出發，找出適合搭配的物件，然後再找第三種、第四種……很快的，就發現我喜歡的東西可以組合成「低調的華麗」風格，有漂亮的水晶燈、絨布的義大利沙發、精巧的咖啡桌等。為了讓地面看起來溫暖，我特別選了帶著點樸拙風格的地磚，溫暖又不怕髒，而整體空間看起來還是有點冰冷，所以又特別把牆壁刷上鵝黃色，然後配上用色大膽的抽象畫。

經過了一段時間施工，搬入家具、調整組合之後，發現要裝潢一個家確實不容易，但整體完工之後真的很有成就感！立刻將心愛家人照片一一擺在角落，每當看到照片，就會想起那時候的自己，也想起當時快樂的心情。

燈光也有畫龍點睛之妙，我找到了華麗但價格實惠的

水晶燈，搭配上大大小小的桌燈立燈，只要打開燈，昏黃的光線在室內映照，看起來特別溫馨，人也特別美麗，立刻就有了家的感覺。

環顧四周，可以驕傲地說這全都是我自己設計的，那個曾經什麼都不懂、大小事都想依賴別人的我，也靠著自己的力量完成了裝潢。我既驕傲又開心地想登高一呼，此後沒有什麼事情難得倒我，世界上再也沒有「不可能的任務」了！

現在的我坐在舒適的椅子上欣賞自己親手打造的家居環境，雖然辛苦，但這次的裝潢工程中，所有事情都按照我的想法走，由我自己作決定，是一種淋漓盡致的過癮。一個人住的自由在於如果看膩了現在的裝潢，隨時都可以重新調整，甚至根據一年四季做不同的裝飾，這一切都隨我發落，不需要過問旁人的意見。這裡就是我的小小王國，而我就是王國裡面的女王。

每個人心中一定都有一個王國，也應該試著按照自己的想法打造出個人風格，體會一下在生活中創作的樂趣。有空多看雜誌、多吸收藝術概念、多看室內設計的書籍，想想自己喜歡什麼風格、又適合什麼風格，很快地就能整理出自己喜歡的形式。住在自己親手設計的空間裡，一定會更喜愛自己的生活。

而我在過程中發現裝潢的秘訣在於徹底實踐「少就是多」哲學，如果能夠只擺一張椅子，那就只買一張沙發，不必非買一套沙發，佔滿空間不可。

　　如果能夠少買一套櫃子，那就可以空出一塊做運動的空間，櫃子少了，代表也必須要少買點東西，這樣購物的時候更會考慮到家裡有沒有空間擺放，能夠理性評估。

　　當自己對居家裝潢付出心血，很自然地會很愛自己的家，想要維持整潔，習慣讓東西歸位，讓家裡保持清爽，不會因為自己一個人住而亂七八糟。

　　但一個人的生活真不容易啊！雖然已親手打造了理想的家居環境，我還是用了很長的時間才習慣四周沒有家人的陪伴，一個人入睡。而且剛開始還習慣留盞燈作伴，生怕半夜醒來只有自己一個人、四周一片漆黑。後來實在受不了開燈睡覺，才逐漸習慣了關燈入睡。

　　單身生活最大的誘惑就是熬夜，以前有家人在，看影集看到興頭上，會考慮到家人都睡了，自己最好也快點上床睡覺，不然影響到大家的睡眠。

　　但一個人住了之後，整個房子都聽我支配，愛幾點睡就幾點睡，經常為了愛看的DVD而熬夜看電視，結果早上起來精神不濟，作息大亂。因此熬夜是單身生活的大

敵，更是女生的美容大患，皮膚需要美容覺，如果不依照生理時鐘作息，氣色會不好、皮膚也容易缺水粗糙。

所以一個人的生活最需要的不是準備一大堆好看的電影來排遣寂寞，而是養成良好生活習慣，每天固定時間一定要起床、晚上一定要早點睡，而且有時間不能光上網或看電視，得要花點時間做運動，這樣才能產生腦啡，維持樂觀的情緒。

寂寞應該是單身最害怕的情緒，我發現自己一個人住之後，不能一感覺寂寞就找朋友作伴，理想的方式應該是要安排固定的生活模式，積極地享受一個人的自在。像是可以放喜歡的音樂做飯，愛聽什麼奇怪的音樂都沒有人干涉，能在自己的空間當中做主人，是件很快樂的事情。

能夠跟自己獨處，也有助於建立良好的人際關係，因為你會更了解孤獨與有人相伴的不同快樂。人其實經常感到孤獨，即使有伴侶在身邊，生命中仍有大量時間必須獨處，早日學會與自己相處，一輩子都有幫助。

獨立 INDEPENDENT　　　　　*Rosita's keyword* **關鍵字**

  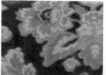 

Bottega活動

大家都說我們母女很像，
你說呢？

▶▶

我的最愛，純兒和安兒

參加兩個女兒在北京的
高中及國中畢業典禮

只養了兩天的狗狗Angel

鑽石或泡麵

Baby,

　　還記得我沒法回家的那個情人節嗎？

　　你們趁著寒假、從北京飛來台灣看我，但我已經安排了要到廣州電視台主持節目，只好萬分不甘心地跟你們請了一天假，打算工作完立刻飛回家，依依不捨地離開你們，搭上飛機。

　　工作當然很順利，這是媽媽努力了一輩子最自豪的能力。結束錄影之後，立刻上車直奔機場，想要快點見到我的兩個寶貝。

　　那時候兩岸還沒有開放直航，順利在廣州上了飛機，但飛行過程嚇掉大家半條命。當時飛機遇到強烈颱風，空中雷電交加，飛機忽上忽下，像搭雲霄飛車一樣瞬間起落，讓心臟都要跳出來了。所有乘客都在尖叫，在我身邊有個黑人更是緊張得說不出話來，我安慰他，告訴他一定會沒事的。

　　原來看起來塊頭這麼大、這麼強壯的人，內心的恐懼未必比較小。而我更沒想到原來自己已經強壯到能在緊要關頭照顧旁人，還有餘力安慰別人，這都是過去脆弱的我

無法做到的事情。

好不容易飛機安全降落在香港，沒想到是更多難關的開始。一下機就發現大事不妙，因為啟德機場裡面已經躺滿了人。

diamond

「各位旅客，因為颱風的關係，我們必須要取消以下的班機，請各位靜候通知。」航空公司的小姐用粵語、國語、英文宣佈了這個恐怖的消息，一大堆旅客都跟我一樣歸心似箭，急著問：「什麼時候可以飛？」「我要轉搭另一班機！」「我是VIP，快讓我第一個後補上最近的班機！」大家口中都喊著：「我要」、「我想」，後來發現怎麼要求都沒用，紛紛說起威脅的話，「你們怎麼可以這樣！我要告你們！」「叫你們經理出來！」

機場鬧烘烘的，每個人都想為自己爭取最好的權益，但颱風很公平，讓大家都有家歸不得，我只好看看四周，找了個位子坐下來，面對生平第一次的「露宿機場」。

接著立刻打電話給你們，說媽媽今天回不了家。安兒哭著說：「我好想你，你會不會有事？趕快回來～」聲音聽起來嚇壞了，卻接著安慰我，要我不要擔心，已經幫我

準備了好吃的食物。

在吵鬧不休的機場、在充滿焦慮旅客的環境裡，我輕輕地笑了。安兒，你一直是個好貼心的女兒，好像你是媽媽，而我是嗷嗷待哺的小孩。「媽，沒關係，天氣一定會好的，也許不久之後飛機就能起飛了，我會等你的！」

哇！我的寶貝真的長大了，姊姊純兒也要我放心，她會照顧妹妹，還說妹妹正在廚房幫我做驚喜大餐，這下子我可要擔心廚房會不會變成另一個災區。

正當我又安慰又擔心時，人群中有個媽媽帶著寶寶看起來格外脆弱，沒有熱水、沒有食物，寶寶不停地哭鬧，媽媽的表情看起來很需要幫助。於是我走向櫃台，大聲地對著櫃台的人員說：「我們這些成人沒有食物也就算了，你一定要幫這個小寶寶找到熱水沖牛奶，不然我跟你沒完沒了！」

也許是我理論的樣子很可怕，服務人員立刻張羅出熱水，還開始分送水跟毯子給等待的乘客。啃餅乾的時候，忽然覺得這個場面很荒誕，機場四處是名牌的免稅商店，Chanel、Gucci、Prada，閃亮的櫥窗裡擺滿了漂亮、精緻、充滿設計感的衣服，和飾品、珠寶、手錶，平時我一定會進去看看新出的包包，找找看是不是有好用的化妝品，想著該買什麼生日禮物給哪個朋友，但現在所有人心

中想要的都不是這些，不是這些名牌不好，而是這些香水、華服、鑽石全都不能吃，大家心裡想要的只是一碗熱騰騰的食物，就算一碗泡麵也好。

原來我們想要的，跟我們需要的，差距是如此之大。

露宿機場一晚之後，搭上一早的頭班飛機回到台灣，進家門時你們還沒起床，我悄悄的探頭看了看你們的睡顏，接著到廚房檢查災情，沒想到一塵不染！接著看到了安兒的字條：

「媽咪你最棒！我『敢』在你回來之前把所有的東西都收好，還把冰箱清好，裡面有很多過期的喔！弄到清晨六點才睡覺，情人節快樂！」

打開安兒的禮物，裡面是個漂亮的心形巧克力。

這是我生命中最壞的一天，卻有個最好的結局。

需要和想要 NEED AND WANT　　　*Rosita's keyword* 關鍵字

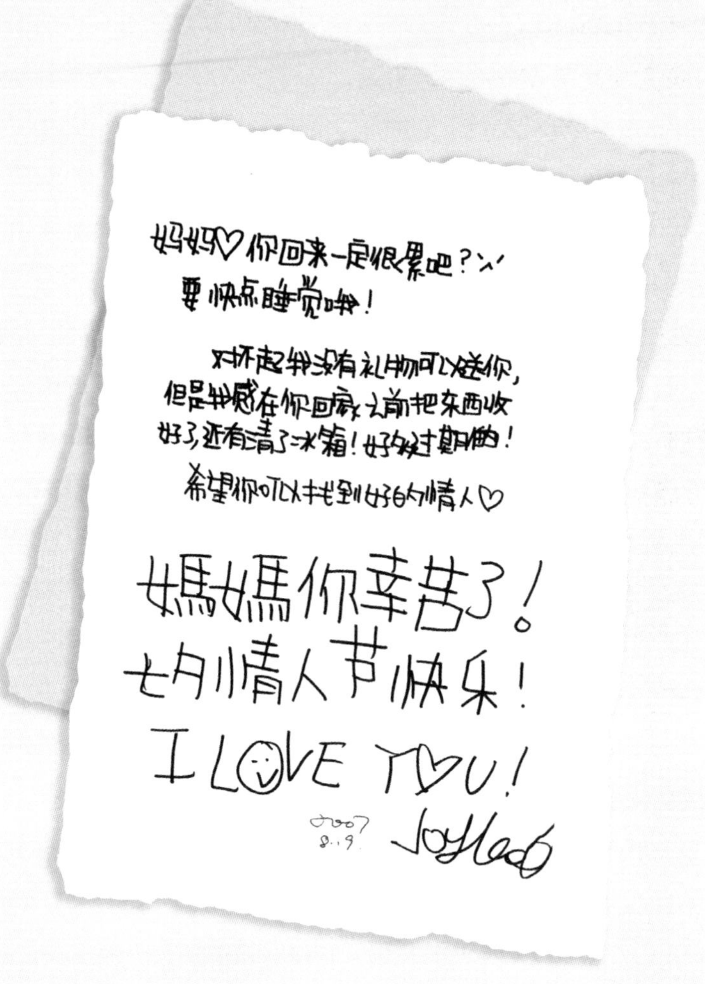
妈妈♡你回来一定很累吧?
要快点睡觉哦!
对不起我没有礼物可以送你,
但是我感在你回家之前把东西收
好了还有清了冰箱!好多过期的!
希望你可以找到好的情人♡
媽媽你辛苦了!
七夕情人节快乐!
I LOVE YOU!
2007
8.19

跟朋友離婚

Baby,

　　聽到你在電話裡面說同學跟你之間的大大小小的衝突，我好心疼，她怎麼可以在你幫她精心策劃的生日派對上毫不留情的斥責你！又怎麼可以罔顧你對她的用心，如此狠毒地踐踏你的祝福！

　　當場我想鑽進電話線，立刻飛到你身邊，幫你主持正義，大聲地告訴這個不能稱之為朋友的朋友：「你不能這樣對待你的好朋友！你不能這樣欺負我的女兒！」我也想告誡她的父母，應該要教導女兒懂得感恩、珍惜旁人的心意，應該要設身處地幫旁人設想，應該要⋯⋯應該要⋯⋯越想我越著急，恨不得時時刻刻在你們身邊，陪著你們面對人生中的各種難堪時刻。

　　雖然不在你身邊，但我知道這已經是她第一百次對你做出的類似舉動，她總喜歡在大家都好好的時候發飆，喜歡讓所有人都照著她的意見做事，所有人都捧著她，她無法忍受旁人把注意力放在別人身上⋯⋯

　　我想，答案很明顯，是時候該跟這個朋友「離婚」了！

我知道父母親離婚對你們來說很難受，但「離婚」並不只發生在夫妻之間，人生中會出現很多朋友，朋友之間也該要學會離婚，學著對不適合的朋友說再見，請不要跟我聯絡，未來就算在路上相逢，也只要微笑說聲再見，不需要浪費彼此的時間繼續來往了。

　　這很難，我知道，尤其你這麼喜歡有朋友作伴。但你要學會辨認一段關係是不是健康的，如果發覺有礙健康，就該狠下心來結束。

　　你一定曾經在剛認識某個朋友時，覺得對方是世界上最懂自己的人，那感覺有點像戀愛，只要說了上一句，這個好朋友可以接下一句，兩人無所不談，喜歡一樣的偶像，說同一個男生壞話，彼此好投契，天天見了面聊天，不見面也要不停地打電話聊天，聊到天亮、msn到凌晨四點。

　　朋友之間的連結強弱不一，像媽媽有些老朋友，可能一年聯絡不到兩次，但始終很親近，我們都知道對方很重要，偶爾意見不合吵吵架，還是為對方擔心，幫對方設想，時時刻刻希望對方事事順利，更會在對方需要我們協助的時候，趕緊張開雙手給他們一個擁抱。這種朋友是我們想要一輩子好好珍惜的。

　　也有另一種朋友，一開始很好相處，但逐漸發現怎麼

經常為了同一種事情發生衝突，總感覺到我付出比較多，像我常等他、但他不當一回事；我常付錢、他總說忘了帶錢包；朋友們約了要一起聚會，他總是遲到兩個小時才出現，而且不說一句對不起；每當朋友間起了衝突，總希望旁人禮讓他……久了之後，大家想到他就覺得頭痛，忍耐著維持朋友關係，也只是不想撕破臉，讓對方難堪。

但總有一天到了臨界點，我會決定跟這個朋友「離婚」，告訴身邊的朋友，如果未來聚會他也會出席，那就請不要找我，因為世界上有太多事情、太多人可以相處，我不想花一個小時或是三個小時繼續忍受他的「陪伴」。

你會不會覺得媽媽的這個「前朋友」，很像正讓你痛苦的朋友？相聚時壓力大過快樂，因為大家都不能確定何時他那過大的「自我」又想要凌駕眾人，把場面弄得難堪，讓大家不知所措。就像你的朋友大吼大叫地罵了你之後，她的心裡可能有點洋洋得意，因為她知道你過幾天之後一定會撫平傷痕，想要跟她言歸於好，這時候她又可以綁架你們的「友誼」，要你做這做那、要你聽她的話。

你說事後這個女生寫信給你，說她知道你很後悔，但相信你一定很需要她這個朋友。這封信又讓你氣得哇哇叫！明明錯在對方，怎麼好像是你犯了錯，應該向她道歉。但最後你還是讓步，繼續當她是個好朋友。

Baby，雖然我不希望你跟這樣的女生做朋友，但我不會驚訝，因為媽媽也會這樣，也很希望能夠跟大家都當好朋友。所以面對那些不在意我的感受的朋友也會假裝沒事，也會更希望贏得他們的友誼，但後來媽媽了解到一件事情？真正的友誼不能靠「贏」來的。

　　人與人之間交朋友，我們都希望會是一種好的關係，你對我好，我對你好。如果每次相處大家都要提心吊膽，這時候你應該要提醒自己，是不是你付出的好，反而造成對方更加的壞，有時候我們的包容成了縱容，其實是讓這段朋友關係無法走入好的循環，反而一再壞下去。

　　所以，baby，試著教會你的朋友「尊重」，當對方知道不尊重你，真的會失去你這個又貼心又善良的朋友，才是一段良好友誼的開端。

尊重 RESPECT　　　　　　　　　　　　*Rosita's keyword* 關鍵字

理財觀就是責任感

Baby,

　　我剛出社會的第一份工作，薪水折合台幣只有五千元，但純兒告訴我，第一次打工的收入就有七千多塊台幣。

　　聽到純兒會賺錢了，我覺得好有成就感，我的女兒已經可以有收入了！可以當個負責任的成人了！

　　你們成長在經濟、景氣都很好的年代，又在這麼多地方讀過書，英文、中文能力都很強，開始賺錢之後，我唯一掛心的是你們對待金錢的智慧，因為「花錢」也是需要學習的。

　　透過工作，我訪問過許多有錢人，也認識了很多有錢人，有些人花錢很有智慧，有些人則胡亂花用，什麼都想擁有。現實世界中確實有很多人是靠著名車、名錶來作為評斷一個人價值的標準。

　　關於金錢，我不是專家，你們可以閱讀理財專家寫的書。但我也要提醒你們，所有旁人說的資訊都不保證絕對正確，將來想從事投資，還是自己要花心思研究，不管多麼夙負盛名的投資理財專家都有可能失敗，就像這次的美

林證券事件、雷曼兄弟事件，發生財務風暴的公司全都是世界上數一數二的大投資銀行，這些也連帶引爆全球金融海嘯。

而且，這樣的事情不是百年一次，而是經常發生，所以理財的部分請信任專業，但不能全都委託給專業，該問的就要問、該閱讀的文件都該閱讀，就能減少財產損失的風險。同時，盡量不要委託朋友來處理投資理財的事情。很多時候市場都是一窩風的，當朋友聽說某種理財工具很好用時，可能已經是潮流的尾端，接下來很有可能就是泡沫破裂，倘若你投資在朋友身上的錢都虧空了，將來是不是賠了錢、還少了一個朋友呢？

其實對你們說這些似乎還有點早，但我真正想說的不是理財，而是使用金錢的態度。

我相信一個人會擁有多少錢財，運氣佔了一大部分因素，有些人因緣際會進入了很有前景的行業，在短時間賺到了大筆財富，別人可能窮其一生也只能賺到前者的千分之一，這是賺錢能力的差別。

有錢不是罪惡，但如果用「有沒有錢」來斷定一個人的價值，那就是罪惡了。

很多人奉信「拜金主義」，在虛榮的世界當中追逐著最貴的錶、最貴的私人飛機、最大的私家遊艇，擇偶唯一

的條件就是有錢，腦中所想的就是要吃最好的美食、穿最貴的衣服、住最高檔的豪宅、開最拉風的跑車、戴億萬珠寶、擔任薪水最高的職位。

但人的價值真的不在這些數字裡，拿掉所有的數字之後，還剩下什麼？才是真正值得關注的。

如果將來你遇到喜歡的人，不管他有錢、沒錢，都應該觀察他的理財觀念，他是一拿到薪水就花光光的月光族？是喜歡投資股票、使用融資殺進殺出的高風險份子？還是量入為出，謹慎理財的保守型投資？

我覺得理財觀念也就等同於責任感，懂得分配收入的人責任感比較強，不會拿到薪水就急著花光，更不會透支，在愛情當中也會比較懂得珍惜、懂得承諾。

從對方的花錢方式也能看出個性，如果主要購買生活必需品，是合理的，但如果把大部分的收入都花在購買「想要」，而非「必要」，那就要好好的考慮一下。因為想要的東西是永遠買不完的，一旦養成了慾望產生就要擁有的習慣，不管賺多少錢都不夠用。

而現在兩性平等，女生最好也有足夠的賺錢能力，在經濟上自給自足，不必伸手向另一半索取生活費，這樣的關係也比較平等，不用看旁人臉色過日子。有錢就有發言權，兩人相處不必委曲求全，對雙方都好。

而一旦感情穩固之後，錢也會成為溝通中的難題，水電費誰付？房租誰付？這些都要開誠佈公的討論，看是兩人合開一個共同戶頭，還是分別從自己的帳戶提撥一筆款項共用？

　　打算結婚之前更要談談對於將來的規劃，未來夫妻收入該怎麼分配？由誰作主？理財該怎麼規劃？如果有小孩之後，小孩的教育基金如何籌措？未來婚後生活的支出該怎麼規範？這些瑣瑣碎碎的事情都是生活的真相，因為婚姻就是建立在牙膏、牙刷、奶瓶、尿布的生活瑣事上。

　　對了，雖然我認為你們愛誰都可以，但若你們交往的對象負債累累，也請先調查一下他負債的原因。因為責任感的具體表現就是理財的態度，如果他連眼前的戶頭都無法管理到收支平衡，又怎能相信他對未來的計畫呢？

責任感 SENSE OF RESPONSIBILITY　　*Rosita's keyword* **關鍵字**

失落也是一種生活

Baby,

　　我想著你們的未來，當然會看到許多歡笑、許多幸福的畫面，但一定也會遇到些失落，就像談戀愛，總會遇到愛不下去的障礙。Baby，希望你們能記住，分手，不管是主動或是被動，都會很難過。

　　只要曾經投入感情，要離開曾經相愛的人，都是令人難過的，知道彼此的感情無法推心置腹、再也無法分享喜悅與悲傷，不論原因為何，會讓人感到絕望，嚴重的時候會以為自己活不下去。

　　但相信我，無論多大的困難，一定都會好轉的。

　　像寫這本書的過程當中，我一次次回想過去，察覺現在正是一生當中最美好的日子。

　　現在的我自信、自愛、樂在工作，只要一打開麥克風，對著觀眾有說不完的甜言蜜語，工作就像談戀愛一樣快樂。生活雖然也有不完美，但只要能夠身體健康，就足以讓我快樂。

　　這一切都不是天上掉下來的。我曾經認為自己不可能再快樂起來了，日日夜夜悲傷地問，為什麼是我？為什麼

我要承受一個又一個的打擊？當然也曾經徹夜難眠，最痛苦的是必須假裝堅強，沒辦法打開心門對身邊的親友訴說心中的悲傷。

幸好一切都已經過去了，而我也從磨難中成長。就像你們小時候回來台灣過寒暑假，假期結束要回到爸爸身邊，在機場與我分離時，你們總是淚眼汪汪地說：「媽媽，我不要走！」我則已經哭到肝腸寸斷，彷彿世界末日。但一次一次淚灑機場之後，我們都生存下來了，現在的你們獨立又堅強，已經長大茁壯。

這麼多年下來，我深刻地體會到磨難都有意義，也許當下不明白，但這意義會隨著時間越來越清晰。

像我在一九九六年到一九九七年之間面臨了很多困境，跟婚姻說再見，接著先是我的父親、然後是母親相繼過世，過多的失落讓身體出了問題。醫生告訴我，多數人在這麼短的時間內承受這麼多的打擊，幾乎都會崩潰。

這段時間我很怕看到來自他人的同情眼光，即使對方是出自好意關心我，這種神情反而讓我傷心，「謝謝你的關心，但可不可以不要這樣看我？雖然我確實失去了很多很多愛，可是我不想要旁人的同情！」

那段期間常覺得自己活在夢裡，只是這不是個美夢

而是一場噩夢，很希望醒來後發現一切都還是好好的，親人都健在，婚姻也安然無恙。但現實就是現實，還是要找出方法面對每一天的生活。

後來香港發生九七金融風暴，我委託朋友投資三千多萬元，這些都是我藉以安身立命的本錢，莫名其妙全都賠光了。這個打擊當然很嚴重，恍如五雷轟頂，但沒想到對我卻是「反面的恩典」。

因為沒錢了，忽然讓我從一片混沌當中醒來，看著鏡子中的自己說：「Rosita，你沒錢了！快振作起來工作吧！」

原本工作對我來說是個對外的窗口，我可以選擇自己喜歡的工作，不需看人臉色。但失去所有財產之後，工作的意義不同了，我必須要好好把握工作機會，各種工作我都願意嘗試，主持電台節目、主持活動、舉辦座談會，在各式各樣的工作當中認識了許多人，當然也吃了不少苦頭，但獲得更多的友誼，而且經濟上因為工作能帶來穩定的收入，讓我恢復了不少信心。

很快的，我重新認識了自己，每天看著鏡子裡的憔悴容顏，意識到自己已經失去了婚姻、失去了雙親，還加上身無分文。但幸好我有份好工作，而且我真的很喜歡自己的工作，每天鼓勵自己一定要努力認真地工作，要更加積

極地經營自己，因為，現在的我已經孑然一身，沒有靠山了。

雖然有著積極的動力，但挫敗之後的改變不會太快發生。如果有人說他遭受重大的打擊之後，隔天起床就像個新的人一樣，那他一定在說謊，因為困境中的人不能跳，只能慢慢地爬，每天都覺得時間過得很慢，每天都爬得很辛苦。

現在我都還記得當時的心境，世界只剩黑、白、灰色，沒有任何彩色。那時我罹患了恐慌症，每天都要服用醫師開的鎮靜劑，根本無法集中精神，也經常在壓力之下引發恐慌。

「多災多難的人，這就是我！」這樣的想法經常出現在腦海，只能靜靜地一天過一天，不知道恐慌何時會發作。

這樣的日子很深刻，因為時間進展非常慢，每天都覺得日子漫長。但工作催促我快點恢復正常，錢不見了，要一點一滴賺回來，我甚至在這個時候接下飛到美國三天兩夜採訪電影明星的工作，沒想到恐慌症在長程飛行途中發作，嚇得我真以為自己要死在飛機上了。

現在的我覺得當時的做法有對也有些不對，因為我急著想讓外界看到自己已經恢復原狀、已經終結悲傷，所以

經常強顏歡笑、假裝堅強。

　　現在的我會勸告過去的我，失落的時候、受傷的時候，該哭就要哭出來，不需要忍耐。也不用太快強迫自己面對傷口，應該要放慢腳步，慢慢地療傷。

　　如果當初我選擇慢慢地處理傷口，留在心中的苦毒不會這麼深，當然，如果我當初投資之前能夠多看些訊息、多作些分析，不要把錢委託給朋友之後就不聞不問光等著收利息，這筆錢應該不會在這麼短的時間之內消失。

　　只是「千金難買早知道」，所有的辛苦都成了我的必修課，非得走上這一遭才能學會很多人生智慧。

　　經過了這一段驚險歷程之後，日子比較穩定，身體狀況也好多了，工作上受到肯定，我以為一切都恢復平靜，沒想到苦難尚未結束。

　　二〇〇三年SARS傳入台灣，我的姊姊感染病毒入院，還四度宣告病危，姊姊一直就像我的媽媽一樣，心情當然悲痛，加上我曾到醫院看她，在姊姊病發之後，我也必須居家隔離。

　　那段時間人心惶惶，死亡、絕望的陰影都近在眼前。那時我想，這麼多災多難的我，這次一定過不去了。

　　但奇蹟發生，姊姊挺過了四次生死關頭的挑戰，現在已經痊癒，而我發現不論多麼大的痛苦，只要挺過去，都

會成為記憶裡很痛苦、但又光輝的一頁，因為我們克服了難關。

由這樣身經百戰的我來告訴你們，失落的時候絕對不要認輸，應該很有說服力吧！千萬不要認輸、千萬要留著生命，世界上有太多人經歷過類似的苦難，將痛苦化為動力，留下典範。

像黛安娜王妃就幫助過我，當年罹患恐慌症之後，我怕被人另眼看待所以不敢看心理醫生、也看不起自己，覺得「恐慌症」是個令人羞恥的心理疾病。

但黛安娜王妃居然敢對全球媒體公開表示自己得了憂鬱症，看到新聞我深受震撼！她怎麼敢說自己心理有病？她是世界唯一的黛安娜王妃！

後來發現她不是為了自己，而是為了其他的病友而現

身，她想要讓世界上的人知道心理疾病並不羞恥，很多心理疾病的起因是體質，所以她希望透過自己的現身說法，讓廣大的病友持平看待自己的疾病，勇敢面對身體的狀況，只有先不認為心理疾病可恥，才有機會迎接未來的陽光。

我鼓起勇氣持續看了一陣子的心理醫生之後，醫生從我幾乎遺忘的童年發現了我個性上恐慌的潛在因素。我在香港長大，家對面就是三、四間殯儀館，從我家窗口天天看得到對街辦喪事，時時刻刻有人哭泣，我等於成長在哀傷的環境當中。

讀書之後功課不好，又更加沒自信，心中的傷口始終沒有痊癒，所以我的心裡總藏著個受傷的小孩，很需要旁人呵護。透過心理醫生，我更認識自己，知道自己很希望倚賴旁人，當有人能倚賴時會感到很高興。但現在沒有人可以倚賴了，我得學會面對自己的各種情緒，更要學會該怎麼跟磨難相處。

And not only so, but we glory in tribulations also: knowing that tribulation worketh patience;And not only so, but let us have joy in our troubles: in the knowledge that trouble gives us the power of waiting; And patience, experience; and experience, hope: And waiting gives experience; and experience, hope: And hope makes not ashamed.

聖經羅馬書第五章第三節說：「就是在患難中，也是歡歡喜喜的，因為知道患難生忍耐，忍耐生老練，老練生盼望，盼望不至於羞恥。」

我恍然大悟，人生之所以如此多災多難多波折，就是在訓練我的心志，讓我即使在患難中也不絕望，甚至還能夠歡歡喜喜。

一次又一次讀著這段經文，感到心裡湧出了非常大的力量。原來患難與失落都是一種生活，讓人在過程中學習忍耐、學習盼望，多讀書、多沉潛，接下來總會有好事情發生。

所以當你受到挫折時，別氣餒，因為只有經歷磨難，才能懂得感受旁人的苦，也才懂得該如何幫助人。

挑戰 CHALLENGE　　　　　　　　　Rosita's keyword 關鍵字

海嘯裡的快樂之道

Baby,

　　你們告訴我，有些朋友的家長面臨了這波金融海嘯的打擊，我想起了自己曾經失去的一大筆金錢，心有所感。

　　九七年我在香港金融危機當中失去三千多萬元，安安靜靜地沒跟旁人訴苦，因為總覺得這不是什麼光彩的事情，也一直習慣報喜不報憂，所以身邊的朋友幾乎沒有人知道這件事，這樣也好，我不必被「經濟蕭條」、「全民負債」等等資訊轟炸，只要腳步穩定地往下走就好了。

　　但這次的金融海嘯不同，九七金融危機只發生在香港，世界其他地方還是一片欣欣向榮，二〇〇八年卻是全球大蕭條，各行各業都不景氣，新聞大量報導、焦點都集中在這波經濟問題，讓問題看起來格外嚴重，讓我這個「前金融風暴受害者」也感同身受。

　　身處金融風暴當中，受到考驗的不只是理財能力，更能看出人類的韌性。

　　上次的考驗讓我發現工作的可貴，失去萬貫家產之後，靠著工作慢慢存錢、慢慢累積，但這次我不再閉著眼睛把錢放進打著「高獲利低風險」的任何理財工具，也不

再一聽到理財專員說什麼工具很容易賺錢，就亂投資，我選擇利率不高的保險年金，儘管利率低，但我知道將來會有一筆錢可以養老。

因為心態變得保守，我僥倖度過二○○八年的全球連動債危機，也僥倖地沒有把錢投注在股市裡，也許通貨膨脹真的會吃掉我的利息，但起碼本金安然無恙。這是七年前我終於又累積了一些存款之後，作出最睿智的選擇。

而心情上，因為我已經體會過經濟大減縮，看到身邊有不少朋友都受到這波的衝擊，更能體會目前社會大眾的心情。

像一位當老闆的朋友必須縮減開支，原本有三家公司，現在必須裁員精簡成為一家。

另一位朋友原本在大公司當總經理，才新婚就被總公司裁員。我聽到消息，難免跟著緊張起來。

但令人意外的是我從朋友身上看到了超乎想像的韌性，開公司的朋友三家公司縮成了一家之後，就用三倍的力氣跑原本的客戶，他說正因為大家都辛苦，這種時候更應該幫客戶的忙。

而曾經擔任總經理的朋友也很妙，因為新婚，他覺得就算失業，也可以當成老天爺給的新婚禮物，讓他跟太太可以一起上烹飪課，兩人開開心心地學煮菜，享受兩人的

時光。

　　我問他：「你怎麼這麼看得開？」他笑了笑說：「我是被全球的不景氣打敗，不是被自己打敗！」

　　過去失去事業的男人會變成鬥敗公雞，但他反而抓住機會享受自己的生活，因為他知道自己的能耐，相信未來一定有機會，所以把突如其來的失業當作老天爺給他的假期。

　　半年之後收到朋友的簡訊，他已經找到了下一個工作，只是必須派駐外地，跟太太分隔兩地。他說已經很滿意了，這半年來夫妻倆一同降低物慾、惜福、惜情，共同度過了人生的低潮，讓他們對未來更有信心，相信只要景氣好轉，隨時都能在事業上起飛。

　　這位樂觀的朋友是我在最不景氣的時刻看到最好的示範。

happy

　　而不景氣也讓我們更加珍惜工作，像當年我損失了大筆金錢之後，第一件事情就是努力的工作。也因為想要賺錢的動機驅策著我，讓我接下演講的邀約，

慢慢地發現在電台的工作之外，也很喜歡跟聽眾面對面、分享自己的心得與感想，後來演講的邀約越來越多，成了我的另一項事業。

而且不只我如此，許多人也更珍惜自己的工作，像我在公家機關辦理文件時，發現公務員的態度變得很和善；上銀行時，發現櫃台人員也都更親切，也許他們也都意識到現在的工作不好找，因此更珍惜現在擁有的工作。

不景氣也讓家庭成員的感情變好了，因為不想外出花錢，大家降低了外食的比例，增加了一家人一起吃飯的機會，當然也更有時間聊天。

當然我也知道很多人在這段期間必須無薪休假或是失去了工作，希望他們的家人能夠多給予鼓勵，失去工作不需要失去自信心，這種時候更應該給家人支持的力量。

像香港目前在街頭推動「free hugs」的活動，既然大家無法幫自己加薪，那就幫彼此打打氣，許多人加入這個活動，在街頭給陌生人熱情的擁抱，讓彼此都帶著笑臉離開。

不景氣也讓忙碌的現代人靜下心來看看自己，如果一輩子只會工作，那失去工作當然會萬念俱灰，覺得人生也跟著經濟崩盤。

但人真的不應該把生命全都放在工作上，這次的不景

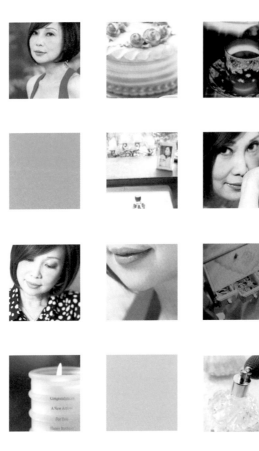

氣也是個自我反省的機會，可以客觀地看看工作是不是已經佔領了自己的生命。如果是，現在還可以調整，趁著這波不景氣找出工作之外的生命意義，讓自己活得更平衡。

所謂患難見真情，在大蕭條之下應該解釋成「有錢的時候大家都忙著外出花錢吃喝玩樂，只有在患難的時候才有機會留在家裡溝通，才知道對方心裡想些什麼」，因為沒錢，所以更愛家人；因為多了時間互動，所以更加了解彼此，這應該是令人感到愉快的「股災副作用」吧！

越是不景氣，就讓我們更加關心彼此，透過幫助家人，給予陌生人擁抱，讓我們更相愛吧！

樂觀 OPTIMISTIC　　　　　　　*Rosita's keyword* **關鍵字**

健康是一輩子的責任

Baby,

　　我有兩件事情想要請你們一定要做到，一，無論發生了什麼事情，都要記得愛自己。二，一輩子保持運動的習慣。

　　這兩件事情看起來不相干，一個是心靈層次，一個是肉體層次，但卻擁有一樣的效果。只要記得愛自己，你的心就不會空虛；只要持續運動，你的思想就會正面積極。

　　我很小就開始注意自己的身材好不好，因為我的爸爸，你們的公公從年輕到老都體格結實，他很習慣做運動，而我則愛減肥。

　　我這一輩子為減肥做了太多蠢事，為了與體重搏鬥傷透腦筋，而且還減得萬分痛苦。但現在的我反倒是一生當中身材最好、體脂肪最低的時期，而且保持身材很輕鬆愉快，因為You are what you eat what you think，吃什麼、像什麼，如果吃得對，加上維持運動的習慣，保持身材一點也不難。但如果什麼都不敢吃，光想躺著就讓體重掉下來，那，比登天還難。

　　為了讓你們不要走我走過的錯誤減肥路，還是把我曾

經做過的減肥蠢事都告訴你們好了。

愛情是盲目的，減肥也是！結婚之前為了穿小一號的婚紗，我看醫生吃減肥藥，立刻瘦了四公斤，但藥物的副作用延續了十多年，因為這藥含有讓甲狀腺亢進的成分，讓我精神不好、心跳變快外加心悸，瘦了卻失去了健康。

減肥不能靠藥物，如果世界上真有單一種藥物就可以控制體重又沒有副作用，讓人變瘦或讓人變美，那全世界的健身房應該都已經關門了。

而且效果越快速的瘦身藥必定帶著一樣快速的副作用，年輕的時候不懂事，我用了各式各樣的減肥方法、減肥食譜殘害身體，當時不在意，但身體都記得，對身體好、吃有營養的食物，身體會越來越好；如果對身體不好，吃進一堆不好的減肥藥，又不採取營養均衡的飲食法，身體會報復。

很多人四十歲之前大量工作，折磨身體來換取工作績效，很公平的是，四十歲之後就用這些賺來的錢上醫院看病，因為身體已經嚴重透支，各種病症都來討公道了！

我猜，你們應該很想知道關於瘦身的這些問題：

Q：不吃東西可以減肥嗎？

A：這是自我毀滅，不是減肥。

不吃飯——忍耐——心中不平衡——受不了而大吃

——吃下更多不營養的食物——吐

　　這有點像厭食症前兆，減肥減到讓自己身體心靈都糟糕，不是正途。

　　Q：那你怎麼瘦下來的？

　　A：我是靠頭腦跟毅力瘦下來的。

　　智慧是要懂得挑選食物，每天吃身體需要的，像花椰菜、豆漿都是身體喜歡的食物。而不吃嘴巴想要的，像是炸雞。

　　每天喝好的飲料，含糖的飲料對身體沒有益處，碳酸飲料對身體一無是處。而牛奶是給小牛喝的，以有機豆漿代替牛奶，具有低膽固醇、降低三酸甘油酯、抗腫瘤、預防乳癌的優點，比牛奶的優點還多。

　　改變吃的健康，就能讓體質變好，但若想要保持身體線條優美，就要每天運動，把運動當成日常習慣。

　　我有個朋友Chuck瘦身成功，總共減掉了兩個蔡依林，將近八十公斤的體重，他告訴我這段過程有三個心得，一，減肥不是時尚，而是生活。二，減肥不是口號，重在執行。三、減肥成功之後，世界上沒有難成的事情！

　　這跟我的心得不謀而合，因為減肥絕對不能光只嘴上說說，必須要執行才能成功，像我就比去年的自己少了七公斤，秘訣就在每天運動。

一年前，在我吃了好多好多大閘蟹之後，發現體重已經達到了恐怖的數字，看著鏡子裡的身體覺得陌生，這真的是我嗎？

　　下定決心要減肥後，我立刻幫自己買了台滑步機，放在客廳最顯眼的地方。

　　第一天，我對著運動器材說：「你是我很貴買回來的！」器材回答我：「對！只要踏上我，你就擁有美好人生！」就這樣，每天上滑步機跑三十分鐘、做三十分鐘左右的肌力運動，讓運動花樣百出不枯燥。

　　當然，安逸慣的身體不想勞動，一開始腳沒力，接下來腰沒力，接著肌肉沒力，每次一軟弱，就想著只要持續下去，明天就會更好，而跑步機還會自動計算消耗了多少卡路里，儘管跑三十分鐘只能燃燒一百大卡，但每天都有勞動身體提高代謝率，身心都帶來很大的成就感。

　　運動會帶來腦啡，跑一跑自然覺得心情舒暢，覺得自己日漸強壯、樂觀、自信心越來越強，開始想像著更美好積極的未來。而且運動之後體力變好，神清氣爽，做起事來更有效率，整個人也就更為開朗。

　　如果怕運動無聊，可以靠音樂增加變化，今天聽嘻哈，明天聽節奏藍調，或是找些好看的DVD邊看邊做運動，都是持續運動的秘訣。

邊運動邊觀察體重的變化，才會驚覺到原來這麼辛苦，因為體重下降的幅度如此緩慢，但只要大吃一頓，卻會立刻彈回幾公斤。因此，愛運動的人、甚至運動員都會特別注意自己吃了什麼食物，開始挑選食物，挑能讓身體健康的，謝絕高熱量卻沒有營養的垃圾食物。

　　而且運動是一輩子的事業，持續運動才能夠持續保持體能，這樣偶爾大吃一頓也不必太有罪惡感，只要持續運動，花多一個星期「就」能消耗多攝取的熱量。我真的認為「天下沒有白吃的午餐」，只要吃，就是會變胖，就需要運動來均衡一下。

　　這是我一生中最成功的減肥計畫，而且仍然在進行中，預計沒有結束的日期。

　　看著現在的自己，我很滿意身體線條、很喜歡自己的笑容，很高興可以這麼喜歡自己。

　　以前我一直想要找到能變漂亮、變瘦的速成方法，現在才知道，任何仙丹靈藥都比不上持續的運動，運動以及毅力讓我變成更好的人。

吃什麼像什麼 YOU ARE WHAT YOU EAT　*Rosita's keyword* 關鍵字

越愛越容易失去

Baby,

今天化妝的時候，面對鏡子戴上耳環，我想到了一個荒謬的真理：就是越珍惜的，往往越容易失去。

你們知道我很寶貝的那對鑽石耳環，佩戴、拆卸都很小心，但每次回家卸下不久，就忘了放在哪哩，發瘋似的到處找，有時不見一只，有時一對都不見了，找得我萬分焦急，越找越火大，常要花好幾天甚至幾個月的時間才能找到。

而我的鑽戒、名筆等等，最喜歡最漂亮的東西也經常離家出走，莫名其妙地就消失無蹤。甚至送洗一套最喜歡的衣服，去拿回時洗衣店老闆只是雙手一攤說：「不見了！」

為什麼不是不喜歡的東西不見，全都是我最喜歡、最寶貝、也最貴重的不見了？就算老闆照規定賠償，區區小錢實在無法彌補心中的傷痛，讓我更沮喪。

這種折磨人的經驗在前幾年買了賓士車之後達到高峰。這部車是在朋友推薦之下狠心買下，但交車後卻沒膽量開回家，跟朋友說：「這車太大了，不如你先幫我開回

去，等我準備好了再來開！」居然就把車停在朋友家的車庫整整一個月，才鼓起勇氣把車開回去。

沒辦法，上一部車是部小巧的車，忽然買下這麼大的車，美則美，但心理沒做好準備，結果不是我擁有了這部賓士，是賓士綁架了我，整個月都不知道該拿這部車怎麼辦才好。

忽然之間我懂了，因為越寶貝越恐懼失去，反而因為過度小心而記不得到底藏在哪裡，對物質的喜愛反而成為壓力，成為莫大負擔，讓喜歡這個東西的我變成了這些寶貝的奴隸，被心愛之物控制著。

戴著鑽石耳環的時候，時時刻刻擔心鬆脫遺失；用名筆時戰戰兢兢，生怕借人寫個字就忘了帶走；開車時生怕撞到、刮到，我甚至還買過一把一萬元的美麗傘呢，到任何地方都有可能忘記帶走，壓力更大！

像交男朋友一樣，每個人都希望能夠找到優質又喜愛的對象，想跟對方長久的相處。但往往越喜愛的、心理負擔越大，因為很快就患得患失，越愛惜對方、

love

越呵護越照顧，反而嚴重壓縮了彼此之間的距離，對方很容易會覺得壓力太大，像進入超高溫的三溫暖，待不了多久就受不了，想立刻拔腿逃跑。

　　人都有劣根性，對方一旦發現我很愛他，他就反過來用愛挾持我的心，開始為所欲為，但因為我喜歡他、把他看得比自己還重，所以心甘情願地放棄自我、放棄所有原則，當自己不是自己了，又怎麼可能自在、怎麼可能快樂呢？

　　怎麼辦呢？難道不能看重自己很珍惜的東西嗎？哇！那下場可能就是沒兩天就搞丟了鑽戒、家裡滿地都是不小心摔碎的水晶杯、最喜歡的白襯衫上滴滿了醬汁、美麗的賓士變成遺失的賓士，太恐怖了！

當然不能這樣，對於喜歡的人要珍惜，喜歡的東西也要珍惜，但心態可以調整。

　　像是在日常生活當中減少購買的行為，也許原本一看到漂亮的杯子就想擁有，一年買五個，不如五年買一個好一點的杯子，儘管昂貴但不必藏在廚櫃裡，可以放心天天使用。經過計算，五年買一個昂貴的杯子，並不會比到處亂買杯子花費更多錢，但選擇真正的好東西，讓家裡減少存貨，多了空間，也讓每天喝咖啡、喝水、喝茶的心情變得愉快。

　　我認為常用的用品可以挑選好一點的，像是牙刷、床單、眼鏡、保養品、汽車，因為天天使用品質好的東西，就能天天享受自己努力的成果。

　　最不好的習慣就是買了昂貴的東西卻不使用，藏放在看不到的地方，名義上是保管，實際上是浪費。我曾經犯過無數次這種錯誤，看到漂亮的鞋子時非買不可，買回家才發現穿起來腳好痛，穿一次就不敢再穿第二次，但這麼貴的鞋子實在捨不得丟也捨不得送人，就此關在鞋櫃裡。

　　類似的東西還包括買了很貴的包包，買的時候像得了失心瘋，覺得非要不可，買回家才發現大小根本不實用，一年拿不到一次，於是跟不穿的鞋收藏在一起。這些「一見鍾情、後繼無力」的美麗廢物佔滿了更衣間的空間，又

無法處理，每次看到都想，如果當時沒買，現在就不必傷腦筋了。

對啊！美好的東西其實不需要真正擁有，後來我養成了看雜誌的習慣，喜歡的東西看圖片就好，放在記憶裡就好，不用買回家。過度購買只會擴大煩惱，這些美麗的東西放在電腦檔案裡、放在相機裡、存在記憶卡裡，要比存放在自家的儲藏室裡好多了！不必控制溫度溼度、不用擔心搞丟，想看就叫出來看看，豈不是個好點子？

而喜歡的人當然不能只放在相機的記憶卡裡欣賞，也需要保持點距離以策安全，不需要太靠近，也許一天一通電話傳遞思念，不要一小時一通電話像在查勤，反而會讓兩人的關係更好。

真正的好東西都要能夠經歷歲月的試煉，才成為經典。所以不管是買東西或是選擇朋友，要挑喜歡的、適合自己的、令人感到舒服而適合的，而不要光挑大家喜歡的。像雜誌經常推薦許多化妝品、衣服，又是限量又是特價，但未必真的適合自己。

大家都知道法拉利車很好，但不適合日常使用，能開法拉利到大賣場買東西嗎？能開去基隆廟口吃夜市嗎？

法拉利設計的概念就是為了速度，是為了讓車主體驗

速度感而製造的產品，原本就不考慮用來買菜或接送小孩，搞清楚產品設計的目的，就能有效降低買錯東西的風險。很多設計師的產品也都有獨特的目的，想當成藝術品收藏是一回事，如果想要實用，那可能要多多考慮。

像名牌設計師春夏、秋冬服裝秀上的秀服並不適合日常穿著，因為設計的目的在表現時尚，傳達設計師想說的訊息，只適合舞台走秀，若真想穿著逛街，大約九成九的衣服會讓旁人側目，覺得穿這些衣服的你精神異常。

有些人覺得設計師的名字要比自己的名字重要，硬穿著不適合的衣服出門，只為了旁人詢問時驕傲說出「這是某某某設計的衣服」，這樣就成了衣服穿人，而不是人穿衣服。衣服往往表現出的是設計師的自信，而不是穿著的人的自信。

最不好的示範就是渾身上下都是一個品牌，而且還放

著特大號的logo，這不是穿衣服，而是變成俗氣的廣告牌了。

我覺得聰明消費法，應該是多參考目前的流行，像某個單品看起來很漂亮，可以參考質料、色彩、剪裁，找出吸引自己的特點，接下來逛街時就可以找尋類似的概念，混搭出屬於自己的style，搭配上很有特色、有設計感的配件，像是手環、皮帶、包包、鞋子，運用色系來融合或是突顯特色，才是適合自己的樣子。

其實我相信你們都很懂得自己的優點，每次看到你們化妝之精緻、穿衣服的挑剔，都讓我讚嘆！

所以，不要迷信品牌，當自己有自信，穿出自己的品味，就是最棒的品牌！而且，再也不怕別人搶走、偷走或拷貝你的品牌。

品牌 BRAND　　　　　　　　　　*Rosita's keyword* 關鍵字

最肉麻夫妻檔Kevin & Claire
激發了我做菜的天分。

momo台的帥哥美女

最愛的
吳娟瑜老師與超級製作人Boggy

Forte活動古典旗袍造型

Calvin Klein的早期模特兒

在上海發跡的台灣好友
張怡筠、謝麗君及帥哥餐廳老闆好友Edwin

吳炫三大師與美女共進午餐

泰國State Tower Sirocco餐廳，想像在
65樓眺望整個曼谷景致的感覺！

做公益活動是我常做的活動

2008在上海仙炙軒餐廳
(原為白先勇故居)跨年

紅造型CoCo＆ me

泰國皇宮，下班女王出巡！

2008年Watoto兒童合唱團讓我
驚訝，讓我流了很多眼淚。

相思李舍老闆威德，
茶咖啡達人～おいしい！

找出自己的魅力

Baby,

　　現在很多女生都想當林志玲，有模特兒身材、美麗臉孔，說起話來輕聲細語還帶著娃娃音。但我覺得得天獨厚的林志玲只有一個，其他人不必學她，也不必刻意裝稚嫩，因為就算學林志玲說話、學林志玲微笑、學林志玲的髮型，還是不夠的。

　　道理很簡單，我們經常接到各式各樣的客戶服務電話，電話裡的小姐說起話來都很有禮貌、很親切，但就像百貨公司的電梯小姐笑容一樣，都是經過訓練出來的親切、都是規格化的親切，這種表面上的禮貌所塑造出來、客戶專用的友善親切感，其實沒有辦法真正打動人，畢竟大家都不是傻瓜。

　　就算不是林志玲，不代表你們不能當個親切、友善、專業、迷人的女性。

　　我認為女孩的美麗來自對自己整體的照顧，而每個女生都可以很迷人，只要夠了解自己、夠愛自己，而且找出自己身上的優點加以擴大，都能夠讓自己獨特而有魅力。

　　基本上，一定要先做到整潔、美觀，尤其看不到的部

分更不能輕忽。

　　像穿在衣服底下的胸罩，女生的胸罩有各種款式，要定期汰換，穿衣服的時候可以對著鏡子檢查穿的胸罩是否合身，轉過身看看，背後是否勒出胸罩痕跡，如果看得出清楚的痕跡，代表胸罩太緊了。正面也要檢視是否胸型線條優美，這些都與罩杯款式有關，要確認穿上後覺得舒適，肩帶不滑落。而且要記得一件胸罩穿半年之後應該要淘汰，不然會有彈性疲乏的問題。

　　而看不到的口氣問題也很重要，這跟口腔衛生以及消化系統有關，要定期看牙、刷牙、漱口，時時注意檢查口中氣味，跟旁人交談時才不會造成別人的困擾。

　　當然也要保持身體乾淨，如果發現自己有體味，也可以依照心情噴些淡香水，年輕女孩適合淡淡的茉莉花調香水，能讓自己心情愉快，也能帶給旁人好印象。

　　而一些經常遺忘的細節，像手指甲、腳趾甲的乾淨也不能忽略，如果塗了指甲油，要記得搭配整體的顏色、而且要經常檢查指甲油是否斑駁了，這些細節做得好，旁人不一定會注意，但一做不好，一定會被發現。

　　穿衣方面，我相信年輕的女生沒有不愛打扮的，但盡量記得不要袒胸露背，不要以為低胸裝就性感，一穿上低胸裝、超短裙，其實只會讓男生覺得這女孩很隨便。

除了身體的整潔，其他經常使用的空間也要保持整潔，像是家裡的房間、外出揹的包包、鞋子等，會開車的人要特別注意車子的乾淨。

　　女生的小東西多，能一一照顧好，代表這是個細心的女生，而家裡的房間、包包、車子、鞋子的乾淨程度，其實都代表這個女孩的隱藏個性。

　　我看過很多化妝化得很漂亮、開名車的女生，外表光鮮亮麗，但她的車門一打開，裡面幾乎是座垃圾山，車廂裡堆滿了東西，嚇了我一跳！心想：「啊……原來她是這樣的女生啊！」

　　也有女生揹個大包包，裡面放滿了各式各樣不知道有什麼用途的東西，以為她要遠行，結果是很久沒整理包包了，所以自己也搞不清楚包包怎麼永遠這麼重。

　　我還會注意女生的鞋子，很少女生有雙乾淨的腳，當然腳可能很乾淨，但鞋子不行，鞋面髒，或是鞋尖已經踢白了、沾上了泥沙、鞋跟花掉了，太多人打扮得很漂亮，就是鞋子破功，要在路上找到一雙漂亮乾淨的腳實在不容易。

　　我這麼注重外型並不是膚淺，若與陌生人第一次見面，對方將會由外型來判斷我是個什麼樣的人，而我的工作經常要見到各行各業的陌生人，如果對方打扮得體、談

吐從容，相處起來確實比較愉快，所以希望我的女兒也能夠注意各種細節，成為從容、簡約、又帶著品味的女人。

外型上整潔乾淨了，可以注意自己穿哪件衣服的時候，特別容易贏得讚美，代表這個服裝的顏色很合適。選擇衣服款式時盡量選擇基本款，然後隨著季節搭配流行的配件，基本款不會退流行，透過配件的選擇來表現品味，是最經濟、最簡潔的做法。

外型準備好了，為人處事也要注意細節。

工作上我習慣待人以禮，對每個人都客氣，接到旁人祝福要深深感謝，遇到批評更要感謝，因為有批評才能讓自己更警覺、更進步。

但待人客氣不表示要討好旁人，禮讓人不代表貶低自己，不需要那麼在意旁人的眼光，因為多數點頭之交的「社交語言」聽聽就好。像試穿衣服時，售貨小姐一定會說：「太漂亮了！太適合你了！」別信以為真地就把衣服買回家。

交朋友的時候，如果對方總是說好話、總是讚美，那他可能是個正面樂觀的人，也可能有求於人，所以刻意做出親切的樣子，時間一久，自然會發現真相。

如果對方一開口總是挑剔、總是批評，不管是批評我們，或是批評其他的人事物，好像心中充滿怒氣，要遠離

這種人，因為他的負面能量太強，只會吸引到不好的事情。

　　我覺得長大成人的重要關鍵不在年齡的增長，而是在見解上的成長，能夠就事論事，不卑不亢地提出有道理的意見，旁人才會看重我們。千萬不要怕得罪人而不敢發表自己的意見，只要合情合理，就該有信心去說服旁人，不過說服的目的不在獲勝，而是要有表達自己意見的勇氣。

　　與其學習林志玲的外貌，不如學她的從容與自信，像她面對批評時從不動怒，因為她知道世界上總會有人有不同的意見。我也希望你們懂得各式各樣的情緒，但不要被這些情緒影響，不管有沒有人關心、有沒有人愛、有沒有友誼，都要相信自我的存在有價值，都要相信，你們值得最好的愛。

細節 DETAILS　　　　　　　　*Rosita's keyword* 關鍵字

陪伴著你的四大天后

Baby,

　　如果可以，請你們記得這幾個偉大女性的故事，在迷惘的時候，在遇到瓶頸的時候，在覺得自己一無是處的時候，在你們想靠著買東西、吃東西來填補身心的空虛的時候，想想四大天后，她們會提醒你，世上沒有難成的事。

　　只要有夢想，只要堅持、只要有愛與信心，沒有不可能的事！

歐普拉的夢想能力

　　在VH1電視台票選出的「全球兩百位文化偶像排行榜」（greatest pop culture icon）中，歐普拉（Opera Winfrey）是排名第一的偶像，你知道誰排在她後面嗎？

　　超人跟貓王！

　　歐普拉的一生是個傳奇，卻以災難片開場，她能達到今天的位置絕不是靠家族庇蔭，因為她出生時爸爸媽媽都未成年也沒結婚，而她在九歲那年遭強暴，十四歲生下第一個孩子，但她非但沒有成為社會邊緣人，這些痛苦最後反而都化成了養分。

歐普拉最擅長把個人弱點轉化成「資本」。越多的打擊、挑戰，越能激起她突破困境的決心，然後去面對問題，解決問題。

　　她有一個習慣：就是「寫日記」。不過，寫的可不是一般流水帳，她專寫「感恩日記」，記下生命中別具意義的事，記住正面而豐富的心靈成長，因為她堅信一切事情都有可能，而「美夢成真」也就成了她的標誌。

　　像她最著名的節目「歐普拉秀」中最轟動的一集節目曾邀請二百七十六位需要汽車的觀眾到現場，先抽出十一位幸運觀眾，請觀眾一一說明自己為何需要這部汽車。結果，每個人真的獲得一部車！當時，全場都非常激動，大家都沒想到竟然會有這麼大手筆的節目，而且這麼戲劇化的遭遇竟然會降臨在自己身上。

　　接著，歐普拉又送給每位沒中籤的現場觀眾一個禮盒。告訴他們：「其中一個盒子裡，藏有第十二輛汽車的鑰匙！」

　　觀眾打開盒子，驚喜的發現自己的盒子裡真有一把鑰匙，而且不只自己的盒子裡有，左邊、右邊的、前面的、後面的觀眾手上，全都多了一把鑰匙！

　　原來歐普拉不只送出十二輛車，她讓現場的每一位觀眾都獲得一輛汽車！二百七十六位觀眾，二百七十六個

夢，二百七十六部汽車，總值達七百萬美元的「美夢成真」。

她說，沒有不能圓的夢、沒有不能成就的驚喜，機會永遠給準備好的人！

每次跟朋友說到這一集節目，大家臉上都顯露出跟觀眾一樣的驚喜表情，原來世界上真會出現「令人不可置信」的事情！

而且聰明的歐普拉向廠商募集了二百七十六輛新車，這轟動全球的創舉所創造出來的廣告效益讓廠商滿意、讓觀眾滿意，更重要的是，每輛新車都將滿載希望與夢想，為這二百七十六個家庭以及看到節目的千萬個家庭加滿幸福的力量。

勇敢作夢，不管遇到多大的困難都不放棄，總會有成功的一天。

黛妃的愛心

每年的八月三十一日，世界上的人們都會想起她。這一天是黛安娜王妃逝世紀念日。她的美好讓人珍愛，她的離去，更讓人感到不忍與疼惜。

黛安娜王妃（Diana, Princess of Wales）的全名是Diana Frances Mountbatten-Windsor。在一九八一

年七月二十九日與英國王儲威爾斯親王查爾斯（Prince Charles）結婚。

　　當年全球爭睹他們童話般的世紀婚禮，但王子與公主並未如童話故事所說的永遠幸福，一九九六年八月底，他們離婚了。一九九七年八月底，黛妃在車禍中喪生，為她美麗的一生劃下句點。

　　有人認為離婚是黛妃人生的大災難，但也有人認為打從她決定嫁入皇室開始，就揭開了災難的序幕。說來諷刺，原來小女孩所嚮往的童話世界，真相並不美好！

　　儘管關於黛妃的種種八卦流言始終不曾平息，但她優雅、美麗、熱心公益的形象，更受到世人喜愛與肯定，尤其她做了兩件讓全球動容的事情，使世界更溫暖。

　　首先，黛妃在一九八七年主動探視AIDS病患，她微笑著坐在AIDS病患的床上，與病患親切握手的畫面傳遍全球。那個年代世人對AIDS一無所知，以為握手就會傳

染，黛妃親切一握，消弭了群眾對疾病的莫名恐懼，帶動起全球關心AIDS防治運動，也透過行動清楚地讓全世界知道，AIDS的患者需要的不是隔離，而是熱心和關愛！

第二件大事是反地雷。

世界上各個角落，地雷都曾造成許多人傷亡，但受害者往往不是交戰國的士兵，而是當地的無辜孩童，因為戰爭是一時的，當戰事結束，埋在地下的地雷卻沒撤走，讓在附近嬉戲的孩子瞬間失去手、腳或是生命。

當黛妃第一次到達非洲安哥拉，發現這個國家遭到截肢的人口比例是全球最高，每三百人就有一人遭受截肢，深受震撼的她展開反地雷運動，透過她的探視，讓安哥拉人民誤觸地雷導致傷殘的新聞躍上國際媒體，引起外界關注。

多虧黛妃的投入，不到六年的時間，國際反地雷運動組織就完成了數項重要的《禁雷法案》簽署，該組織秘書長Judy Williams因而獲得一九九七年的諾貝爾和平獎。迄今，全世界超過一百三十五個國家簽署了《禁雷條約》，帶給無數民眾更安全的居住環境，一切都起源於黛安娜王妃的愛心。

黛妃的身分象徵著英國皇室的尊貴，但人們喜愛她，絕不只是為了她頭上閃亮亮的皇冠。她願意彎下腰關懷

AIDS病患、願意付出關心清除地雷，她微笑地從事這些普通人不樂意接觸的公益活動，她的笑容感動了全世界人們，她的行為讓世人景仰崇拜。

黛妃的大兒子威廉王子說：「我一直很想跟著母親的腳步，完成她未完成的一些慈善工作。尤其母親過世之後，我比任何人都有勇氣，去做這些工作。」

在你的腦海中，黛妃代表什麼意義、留下什麼印象呢？

母親和慈善家，是我最喜歡的黛安娜。

妻子、狗仔隊盯梢的對象，以及被許多親信出賣的，是我最心疼的黛安娜。

她給予世界祝福與愛，世界也還給她愛與尊敬。愛，應該就是黛安娜王妃送給世人最大的禮物了。

玫琳凱的信念

玫琳凱·艾許（Mary Kay Ash）是誰？

她是一家化妝品公司的創辦人。而這家公司每年營業額在四十億美元以上，相當於台幣一千三百二十五億元，她的一家公司就等同台灣所有生技公司的產值。她與比爾蓋茲同樣列名《富比士雜誌》「美國兩百年來最偉大的二十位企業家」之一。

但她的成就絕不只富有。

一九一八年，玫琳凱出生於美國德州。小時候爸爸長年臥病在床，由媽媽一肩扛起家計，所以她比同時期的女性提早覺醒，發現女性也可以是家庭的主要經濟支柱。最難能可貴的是她學會了媽媽的一句口頭禪：「You can do it！」

玫琳凱在十七歲那年結婚，七年間生下三個子女，這段婚姻結束時她才二十四歲，身為年輕的單親媽媽，她要獨自撫養三個孩子。那個年頭女性不容易找到工作，失業一陣子之後，她終於找到了銷售兒童書籍的工作，工作得很起勁。

但玫琳凱很快發現工作與家庭難以兼顧，她必須要找一份彈性上班的工作。當時，美國的直銷風潮剛起，她發現直銷的工作時間很有彈性，正是最適合自己的工作，而她也運用銷售天分獲得不錯的成績。不過她的內心卻一直感到不平衡，因為不論她如何努力、銷售業績如何亮眼，公司體制裡永遠有個玻璃天花板，女性永遠無法爬上頂尖的地位。

工作二十五年之後，她決定以五千元美金當作創業基金，用自己二十五年的直銷經驗，構築一個夢想中「專屬於女性」的事業。

在一九六三年九月十三日，玫琳凱和二十歲的兒子Richard Rogers與九位美容顧問，在德州達拉斯（Dallas）的小小店面成立玫琳凱化妝品公司。

四十多年過去，這家公司創造了億萬美元業績，事業網遍佈全球，三度名列「美國最值得工作的一百家公司」，也榮登「最適合女性工作的十家公司」名單，幫助全球女性成就自己的事業。

玫琳凱喜歡以「大黃蜂」（Bumble Bee）精神激勵女性。大黃蜂是體型最大的蜜蜂，從空氣力學的觀點來分析，大黃蜂身體太重了、翅膀又是薄薄的一片，不可能飛得起來，但是大黃蜂當然從沒上學、也沒學過空氣力學，更不知道人類科學家對牠的體型評價如此之低，牠只是努力而迅速的拍著翅膀，克服體重障礙飛了起來。

玫琳凱常說，連大黃蜂都能飛，只要相信自己，身體力行，就一定能創造屬於自己的世界。就像她媽媽常常說的：「You can do it！」

玫琳凱的公司秉持一個理念：「客戶就是朋友，客戶就是親人。」希望業務員全心全意的為客戶服務，而管理者的工作則是專心照顧員工，讓員工也能夠過著豐富滿足的人生。

一般公司在乎的P ＆ L是Profit利潤和Loss虧損，但

玫琳凱堅持的P & L卻是People（人）和Love（愛）。她相信只有重視人才，留得住人才的公司，才會有長遠的發展。

此外，玫琳凱特別關懷女性。一九九六年，她成立了一個「玫琳凱・艾許慈善基金會（Mary Kay Ash charitable foundation），保護婦女免受暴力攻擊，並協助婦女預防癌症。

我特別欣賞玫琳凱對於社會的種種觀察，像她認為社會面對最大的污染源不是污濁空氣、不是噪音，而是種種負面聲音以及負面能量。比如：「不行！」「沒辦法！」「不可能！」這類的負面聲音專門打擊信心、阻礙邁向成功。所以，玫琳凱鼓勵正面思考，用「我可以！」「我一定會！」「我將要！」來取代這些負面字眼，就像當年她媽媽對她說的最重要的一句話「You can do it!」

最後，我想跟你分享玫琳凱很棒的感謝詞，她說：

請感激那些曾經遺棄你的人，因為，他們教導了你要獨立。

請感激那些曾經欺騙你的人，因為，他們增進了你的見識。

請感激那些曾經絆倒你的人，因為，他們強化了你的能力。

請感激那些曾經斥責你的人，因為，他們助長了你的智慧。

請感激所有曾經傷害你的人，因為，他們磨練了你的心志。

多好！多棒！我很努力地這麼做，相信你們也可以做到！

德蕾莎修女的雄心

德蕾莎修女（Mother Teresa）一輩子照顧窮人中的窮人，看盡人性險惡與人情冷暖。有人問她為何心中總是充滿愛？

她這樣形容自己，「每個人的心中都有黑暗，但從你的行為當中，可以看見神的愛！」

從她的身上，世人看到世界上任何事情都沒有值得抱怨的，德蕾莎修女認為即使每個人都有黑暗面，但願意幫助人，黑暗也會發亮。

德蕾莎修女在印度加爾各答幫助了許多人，有一次要到羅馬對教皇進行愛心會的工作報告。到了羅馬之後，她發現這裡的問題跟印度很不一樣，她說：「在印度，只要白米就能餵飽人，但在這裡，缺乏的不是食物，而是缺乏愛。」

有人問德蕾莎修女，「在印度窮人這麼多，你幫助得完嗎？」德蕾莎修女說，「我們所做的一切，僅僅是海中的一滴水。但如果我們不做，這滴水將永遠淹沒在大海中！」

　　在苦難當中，善行往往不夠，很少人會在苦中作樂，大多數的人會在苦難當中攻擊別人、掠奪僅有的資源。像德蕾莎修女就曾經遇到善行騙子，這個人先捐了些錢給修女，接著要求合照，過了一陣子之後，傳出此人利用德蕾莎修女的名號到處募款，但募到的款項都被他中飽私囊，然後捲款潛逃。

　　記者踢爆了這個惡行之後，跑去問德蕾莎修女是否應該把善心人士捐出來、卻被騙子拐跑了的金錢還給當初的捐贈者。

　　德蕾莎修女看了看這個記者，爽快地說：「好啊！跟我來，我現在就打開我的寶庫還錢！」

　　記者驚訝的跟著她到辦公室的另一端，她推開一扇門，指著裡面正在讀書的孩童說：「那筆錢已經變成這些孩子讀的書、穿的衣服以及學習的教室，你拿走吧！」這回輪到記者啞口無言了。

　　德蕾莎修女祈禱：「主啊！利用我來傳遞和平吧！在仇恨的地方散佈愛！罪惡的地方散佈寬恕！懷疑的地方散

佈信心！絕望的地方散佈希望！憂愁的地方散佈喜樂！

「主啊！寧願我去安慰人，而非別人來安慰我。寧願我去了解人，而非別人來認識我。寧願我去愛人，而非等待別人先來愛我。施即是受，因為只有饒恕人，我們才能被人饒恕。只有經歷如死亡的洗鍊，才懂得永生。」

她是如此獨特的一位修女，用瘦小的身軀感動了世人，告訴大家施比受更有福。

不是每個人都可以像四大天后那樣偉大，受世人景仰；但我們在感動之餘，要牢牢記住她們給予我們的愛與智慧，然後努力學習她們的優點，讓自己變得更好！

天下無難事 EVERYTHING IS POSSIBLE *Rosita's keyword* 關鍵字

幸福的平凡與平凡的幸福

Baby,

　　以前的我覺得幸福是頂點，是比快樂還要快樂的巔峰，但現在的我知道，幸福不需要香檳、不需要煙火，是細水長流的快樂。

　　我很喜歡跟你們生活在一起，像每年幾次團聚，大家一起聊天、談笑、唱歌，在自己家的餐桌上聊天吃飯，聽著音樂，一起動手做食物。看你們的爸爸用做音樂的態度煮飯，是人生一大樂事，鍋子裡的聲音、切菜的聲音、杯子盤子刀子碗的聲音，都是美妙的音樂。

　　而你們一回家就能看到餐桌上熱騰騰的食物，看到家人的笑臉，也許功課很辛苦、也許考試壓力大，一進家門就覺得溫暖。

　　其實這些平凡的美好是我從沒想像過的世界，我曾經覺得煮飯很無聊、很浪費時間，何不買食物回家，或是在外面吃飯比較省力。而我在台灣獨居之後，確實也過了好幾年沒開伙的日子，買了東西跟朋友坐在電視機前面邊看邊吃，什麼都求快、講究效率，結果，心反而越來越孤單。

現在的我總算體會到，好的家包括了兩個重點：一是好的家人，一是好的食物。與房子大不大、是不是豪宅都無關。

　　每次跟你們相聚，一家人坐下吃飯，變成了情緒的出口，能紓解一整天工作或是上學之後緊張的心情。全家一同準備晚餐，擺放餐具、盛飯、洗碗，都代表家人的愛。心愛的家人全員到齊，喊聲：「吃飯了！」一屋子鬧烘烘的溫暖，都讓我很感動。原來被家人需要、有家人圍繞，是這麼美好。

　　但如果把速食當成主食，吃飯像趕車，食物沒有色香味，只是大家各吃各的，吃飽後把外賣的包裝、包括免洗餐具都丟進垃圾桶，根本沒辦法撫慰人心。

　　好的家人、好的朋友都是可以交談的人，可以放心地說出自己的想法，可以聽到他們談論自己的生活，可以分

享、可以學習、可以成長。

我覺得現代人很重大的毛病在於愛談政治、愛談美食、愛談旅遊、愛談文學電影電視藝人，卻沒辦法談論「自己」，說不出自己的希望在哪裡，也不敢分享自己的夢，被問到「夢想是什麼」，立刻啞口無言，東推西扯，最後只敢說中了大樂透要去環遊世界。

史蒂芬柯維認為具體的「目標」是成功的第一步，人還要為自己準備四樣東西：要有遠景、要有紀律、要有熱情、要有良知，這四樣東西可以完成任何任務，可以讓自己變成一個更好的人。

我認為還可以加上第五樣東西，就是信仰。

首要是就是遠景，這是所有努力的起點，自問想變成什麼樣的人？在今年該完成什麼？三年之內要達到哪些目標？十年之後，又該完成什麼？一步一步的規劃，絕對會有成績。

就算在努力的過程當中失敗了也沒關係，只要相信自己一定能做到而且不斷努力，自然會有轉機。

過去的我很感性，覺得很多事情都要講感覺，但現在發現，如果有了具體的目標，所有的感覺更能夠落實。

像我就很希望能夠跟你們一同成長，看著你們快樂、

從容、自在，而且不論你們幾歲了，我都希望你們記得我很愛很愛你們，很重視你們，不管遇到了什麼樣的困難、處在多麼難受的境地，都不要失去信心。

　　像我曾經以為自己未來不會再找到幸福了，但每次看到你們兩個寶貝，我都很感動，對我來說，你們兩個都是世界上的珍寶，是最棒的禮物。

　　原來，真正珍貴的東西，都是買不到的，幸福不在擁有什麼，而是感受到了什麼。

幸福快樂 HAPPINESS　　　　　　　　　*Rosita's keyword* **關鍵字**

你讓我變得更好

Baby,

九十七年六月，我到北京參加了你們的畢業典禮。坐在台下心一驚，想到上回跟你們的爸爸坐在一起參加類似的學校活動，竟然是純兒上幼稚園的第一天，一轉眼十多年過去，純兒十九歲、安兒十六歲了。

在畢業典禮上，我跟你們的爸爸，一人拿一台相機，前前後後的拍照、跑來跑去，生怕錯過了重要的鏡頭，拍著拍著，內心百感交集。

這是種很複雜的情緒，別人的媽媽每天幫小孩帶便當、送孩子上下學，而我像搭上時光機，明明才送純兒上幼稚園，怎麼一下子就高中畢業了！中間呢？所有的過程呢？

在那一剎那，我對你們的爸爸、我的前夫充滿了感謝，過去的風風雨雨、愛恨情仇、傷害以及挫折都已經隨風而逝，這段曾經不美好的婚姻帶給我兩個美好的女兒，我非常用力的愛著你們，你們是相愛的印記，也是世界上最可愛、最優秀的孩子，看到爸爸讓你們成為這麼好的人，我真的充滿了感激。

謝謝他無微不至的照顧，讓我從沒擔心過你們的表現，也不用擔心你們受人欺負，謝謝他讓你們生活在愛與感謝當中，所以你們懂事、聽話，不因媽媽不在身邊而找藉口做出讓大家擔心的事情。

　　但說實話，直到最近我才體會到該怎麼當個媽媽。

　　以前的我希望能夠當你們的模範，但現在，我只想「一起」。

　　像是一起煮飯，一起過著自在而不汲汲營營於名利的日子，一起早早訂下今年度的目標，一起下定決心一定要學會一種語言，一起旅行，一起寫下明年度的目標，一起規劃未來十年的遠景，一起過個精采的人生。

　　這麼多年之後，我才明白親子之間最重要的是身教，而不是言教。

　　如果爸媽不洗澡卻要求孩子保持清潔，那是不可能的。如果爸媽時時刻刻以身作則物歸原位，定期全家動員一起打掃，孩子會認為這是正確的生活習慣，接下來他們也會跟著做，而且會習慣整潔的生活。

　　當你們在我身邊時，我帶著你們一同當義工，幫伊甸基金會做活動，幫助屈居弱勢的朋友們，透過這些活動讓你們耳濡目染助人的快樂。更幸運的是你們與伊甸的義工姊姊們始終保持聯絡，多與心地善良的人交往，會讓生命

更美好。

每當相聚時刻，晚上窩在房間裡，就是我們讀聖經、分享心情的時間，我們會一一講出今天的好與壞、high and low，有了不開心的事情，大家一起希望對方變好，有需要幫助的事情，大家一起祈禱。

最近我們熱中於一個新活動，就是請你們朗誦聖經故事，或是傳道人的精采言論，像康希牧師在《靈命更新九十天》中說到一個很有深意的故事，在九〇年代初期，塞爾維亞的總理賽維其在協商當中忽然生氣，站起身說：「你們不根據我的規矩，我就不跟你們玩！」

他的舉止就像玩遊戲的小孩，小孩玩遊戲產生爭執之後，就負氣的說：「不跟你好了，不跟你玩了！」另一個孩子說：「不玩就不玩！」接著大家拿著自己的玩具回家生悶氣。

小孩的世界就是這樣，今天吵架，明天又嘻嘻哈哈地玩在一起，沒有人會認真地記得昨天發生的不愉快。很多成人長大之後還是抱持著同樣的心態，和別人發生爭執之後大喊「不玩就不玩！」「那我們分手好了！」就是在用小孩的思維模式處理人際關係，但在成人的世界每一句話都有效力，好，不玩了、決裂了，那接下來的合作也就宣告破局，隔天氣消了之後，要收拾的爛攤子更大。

萬一是兩家正在談判的公司總裁說，不玩了不玩了！那可能是牽涉到好幾億的合作案告吹、旗下員工的家計都可能出問題，所以成人比較謹慎，不輕易感情用事，待人處事都要尊重規矩，有規矩才能讓大家合作愉快。

　　可是有些成人仍舊把自己當作幼稚的小孩，依照著「不跟你玩了！」這樣的思維待人處世，在行為上習慣以自我為宇宙中心，事事要別人配合自己的喜好，亂發脾氣，對旁人的感受不敏銳，不會順服旁人的建議，往往要經過嚴重的教訓才會屈服。而且太過感情用事，不講道理，最後往往只屈服於無力反抗的強硬權勢，弄得自己狼狽不堪，這就是「幼稚成人症」。

　　人的成長不只在年齡，也該在紀律當中成長，若是二十歲了還跟兩歲小孩一樣動不動哭著要糖吃，任何人都會受不了。

　　不論幾歲，只要願意成長、願意學習，就會有信心依照大家都能接受的遊戲規則，推動事情往自己希望的方向發展。有所依據的行為就不是胡鬧，只要停止當幼稚成

人，自然會對自己的所作所為負起責任，有信心處理各種狀況，開始做對的事情。

讀完之後，你們說原來長大是這樣，只要願意成長，就會有收穫，最大的收穫在於對自己有信心，知道事情不需要用哭泣或是胡鬧來爭取，而是可以用成人的方式，用溝通、說服來爭取。

我說：「對啊！雖然我是你們的媽媽，但有時覺得你們比我還要成熟。」好比姊姊純兒看到我因為感情問題而患得患失、情緒失控，會冷靜地寫信告訴我，「媽，你值得別人愛！」

那天下午我看著信，像是當頭棒喝，原來透過我以為很幼稚的女兒眼中，反而看清了更多真實，這信讓我體會到，我才是那個幼稚的、需要幫助的人，而女兒帶給了我站起來的勇氣，讓我擦乾眼淚大聲的說：「沒錯！我值得愛，我根本不需要懇求愛，因為我值得！」

　　因為你們，讓我一次又一次要求自己更堅強，不想讓旁觀的你們想著：「不知道媽媽何時才會長大？」每當情緒低潮來襲，都希望自己快快收拾心情，不想讓你們為我擔心。

　　發現你們的擔心，讓我很矛盾，一方面欣喜感動於女兒的窩心；另一方面，我真的不希望你們不放心，而要解開這個狀況，我必須要找到自己、找到愛的真諦，讓你們不再擔心，我也才能真正的放心。

　　因為你們，讓我想要當個更好的自己，是你們教我成為更好的人。

　　另一方面，在你們身上，我也看到了自己，孩子就像是父母親的翻版，我看到你們愛音樂、愛幻想、愛說話，也看到了自己的任性、拖延。

　　小孩其實就是父母的鏡子，當家長覺得孩子這不好、那不好，與其怪罪小孩，不如怪自己，因為小孩反射出來的生活習慣也就是承襲自家長。

所以，我希望能夠跟你們一起成為更好的人，我們可以一起分享生活點滴、一起做公益、一起信仰、一起認識好的朋友、一起學會不妥協的智慧，這些過程都是愛，也都更能讓我們認識愛的深度，給孩子更多的愛，真的要比給孩子更多的錢有用。

　　在畢業典禮上，你們很驕傲地向同學介紹我，我看得出來你們都很自豪有個漂亮又懂養生的媽媽，媽媽更驕傲有你們兩個，讓我們一起學習愛，一直愛下去吧！

你值得的 YOU DESERVE IT!　　　　*Rosita's keyword* **關鍵字**

【附錄】

朱衛茵的足跡

越晚越有感覺

＊播出時間：1996年10月17日的凌晨1:00～3:00。

＊特色：深夜的感性、浪漫，打響「深夜女王」的名號。

＊經歷重大事件：1997年「香港回歸」、「父母親過世」、「張雨生車禍」（出事前最後訪問）。（那一年，身心狀況很差，半夜在天母撞車。）

1997年離婚。

1999年「921大地震」（天搖地動仍抓住麥克風；帶著600個home made甜甜圈和針灸醫生Dustin到災區慰問。）

＊合作的guest DJ：「昨日重現」（大鬍子Tommy、超有潔癖的Jackson）。「男歡女愛」（黃仲崑）。「身心保健單元」。（Dustin、愛心會的香蘋、杜杜、張明星、徐耀之、……）

＊合作的企製夥伴：Boggy、吉華、阿國、詹A、阿貴、歐弟……

一點關係

＊播出時間：2000年6月1日。（大約做了1630集）

＊特色：「感性女王」變「知性女王」了！

＊經歷重大事件：2001年「911恐怖攻擊事件」、2003年

「SARS」。

＊合作的guest DJ：李麗芬、陳鴻、侯昌明、林偉賢、吳娟瑜、黃薇、Tiffany、王健宇醫師、趙思姿營養師、杜白醫師、陳俊欽醫師、林達禮醫師、藍寧仕醫師、孫安迪醫師、秋香老師……

＊合作的企製夥伴：祥義、雅汶、慧慈、淑華、廷哲、寶兒……

下班女王

＊播出時間：2007年1月22日。(星期一 7：00～8：00 PM)

＊經歷重大事件：2008年「馬英九當選總統」、「北京奧運」。

＊合作的guest DJ：愛情上尉Ken。

＊合作的企製夥伴：Boggy。

週末生活女王

＊播出時間：2007年1月22日。(星期六 9：00～12：00 AM)

＊合作的guest DJ：吳娟瑜老師、Jimmy。

＊合作的企製夥伴：Boggy。

Special Thanks!

This is the most glorious moment!

這是我最感動的時刻，因為沒有你們，這本書不會出現。

感激皇冠出版社。文蕙、家宜、育慧（阿信）都是超細心又可愛善良的一群夥伴，有幸可以與你們合作。

感謝紅造型CoCo、Angel、NoNo、Sam、Eileen、Marco及全體同仁，還有實美整型外科所有同仁（他們都像我的家人）。

在這段苦鬥的日子，終於把書順利完成，要好好感謝平常成就我的飛碟UFO。提拔我的小燕姐、祥義，尤其是我的製作人Boggy每天滋養我的中文程度。還有Ken的不吝指教，Jimmy的真性情，更謝謝吳娟瑜老師愛的薰陶。

謝謝哥哥姐姐一路上支持我，最重要是我的大女兒、二女兒、她們爸爸和好友謝麗君的序，還有謝謝王蓉的幫

忙。

如果我忘了感謝你，請原諒，因為我實在太感激不盡了！最後是感謝主！Without the lord, nothing good will happen to me!

康希牧師曾說：〝Some people watch things happen, Some people wonder things happen, Some people make things happen.〞

想一想你究竟是哪一種人，希望這本書可以激發你更愛自己！

gratitude

國家圖書館出版品預行編目資料

愛誰都可以，要先愛自己 / 朱衛茵 著.
-- 初版. -- 臺北市：平安, 2009[民98]
面；公分. -- (平安叢書；第330種)
(UPWARD；24)

ISBN 978-957-803-722-9 (平裝)

855　　　98002954

平安叢書第330種

UPWARD 24

愛誰都可以，要先愛自己

作　　者—朱衛茵
發 行 人—平雲
出版發行—平安文化有限公司
　　　　　台北市敦化北路120巷50號
　　　　　電話◎02-2716-8888
　　　　　郵撥帳號◎15261516號
　　　　　皇冠出版社(香港)有限公司
　　　　　香港灣仔駱克道93-107號利臨大廈1樓
　　　　　電話◎2529-1778　傳真◎2527-0904
出版統籌—盧春旭
出版策劃—龔橞甄
責任編輯—金文蕙
美術設計—李家宜
行銷企劃—李育慧
印　　務—陳碧瑩
校　　對—邱薇靜‧陳秀雲‧金文蕙
著作完成日期—2009年1月
初版一刷日期—2009年4月

法律顧問—王惠光律師
有著作權‧翻印必究
如有破損或裝訂錯誤，請寄回本社更換
讀者服務傳真專線◎02-27150507
電腦編號◎425024
ISBN◎978-957-803-722-9
Printed in Taiwan
本書定價◎新台幣280元/港幣93元

●皇冠讀樂網：
www.crown.com.tw
●皇冠讀樂Club：
blog.roodo.com/crown_blog1954
●皇冠青春部落格：
www.wretch.cc/blog/CrownBlog
●皇冠影音部落格：
www.youtube.com/user/CrownBookClub